读描流年

萧萧 著

广西科学技术出版社

图书在版编目（CIP）数据

淡描流年 / 萧萧著. —南宁：广西科学技术出版社，
2024.5

ISBN 978-7-5551-2184-8

Ⅰ.①淡… Ⅱ.①萧… Ⅲ.①散文集—中国—当代
Ⅳ.①I267

中国国家版本馆CIP数据核字（2024）第094785号

DANMIAO LIUNIAN
淡描流年

萧萧 著

书法撰写：张鹤卿
责任编辑：朱 燕　　　　　　　　责任校对：冯 靖
装帧设计：梁 良　　　　　　　　责任印制：韦文印

出 版 人：梁 志　　　　　　　　出版发行：广西科学技术出版社
社　　址：广西南宁市东葛路66号　　邮政编码：530023
网　　址：http://www.gxkjs.com　　编辑部电话：0771-5786242

印　　刷：广西民族印刷包装集团有限公司

开　　本：889 mm×1194 mm　　32开
字　　数：120千字　　　　　　　　印　　张：8.625
版　　次：2024年5月第1版　　　　印　　次：2024年5月第1次印刷
书　　号：ISBN 978-7-5551-2184-8
定　　价：48.00元

流年

拂过稀薄的烟

擦过堂屋、明瓦

穿过松花石的孔隙

经过一簇簇拘谨的修竹

没有脚步

没有步音

开满鲜花的心情

萧萧以散文写作者的名义出现了。之前，她的第一部小说《南方的风》面世后，我一直在等她的第二部长篇小说，没想到，她现在给了我一部散文集。

如果说，长篇小说的写作是作者"拼"出来的，如同十月怀胎般绞尽脑汁地构思、构架，终于在一阵急促的疼痛中呼天喊地挣扎着生出来了，散文的写作却不是这样的。散文是"攒"出来的。就像过日子一样，得日积月累地，在日子的牙缝中挤出时间，一点一滴地去品去写，三天打鱼两天晒网，写写放放，放放写写。有时，一些稿子可能还一不小心给弄丢了，又得从头，再从头来过……但那颗心总是在的，就悬在最显眼的衣帽钩上。穿与不穿？戴与不戴？都由着自己，也都不由着自己。写散文这东西，手头懒一点、心思粗一点便就没了的。

在我看来，散文是作家存在的一种最典型的方式。就像习武的人，平常不上擂台的时候，每天总要在自家的庭院里操练一番——阅读并记叙着，当有一天，这种

"操练"纯熟直至成为本能的时候，便离成为真正的作家不远了。由此可见，工作之余的萧萧，正如她自己所说的那样，"写作让我在有限的时间里，扩展了生命的深度和宽度"，她是完全沉浸在文学的世界里的。如今，她的枝头才开满了散文的花朵，一年年春去秋来，才结出了累累硕果。

萧萧的散文，以散文家特有的一种内心的纯净感动着我。是的，读她的散文，沁人心脾的首先是一种纯净，就像喝新鲜的纯净水般纯净的感觉。那种纯净，不是来自山泉也不是来自矿泉，而是来自纯净水，是那种不含杂质的 H_2O、符合生活饮用水卫生标准的原水。我甚至觉得，她还有一点天真。作为长篇小说家，她表现得挺复杂，但在散文创作面前，她却显得非常的天真。读她的作品，你总感觉到有一种无邪的目光在注视着这纷乱繁杂的世界。萧萧的散文还是轻盈的。无论是她叙说的城事物语，还是她描画的世相百态、人物影像，抑或她分享的野境游踪，还是乘物感怀，她的笔调都是轻盈的。她触碰，但不针砭；她抵达，但不攫取。她也有苦痛和忧愁，但总给人感觉这种忧愁被她冲得淡淡的。这是她的心理构架，是她一个人意识形态下的心理构架。她没那么多的愤世嫉俗和连篇累牍的怨气。也许，相比好多人，她算是幸运的了，即使不算功成名就，也算得其所然。从一名乡村教师、硕士研究生走上党委政府部门重要的岗位——成为不算大也不算小的公务员，平凡人家，夫唱妇随或妇唱夫随，无大富大贵，却活得心安理得。在充满诱惑的世界前，她如同她笔下的那些好人那样，历练出了淡雅的心蕴。

无论这世界多么复杂、多么险恶，原来，人的心情都可以自我过滤出一种纯净的感觉和心情。就像萧萧那样，保持一颗童心，用美好的感觉去触碰世界，把善意作为理解世界的基点，浪漫地期许与等待着。正如她自己所说——"谨以此书，一半敬过往，告别并不峥嵘的岁月，以慰平生的身心困乏；一半敬明天，盼万物欢欣，白云翱翔，浓绿如炬，以慰笔下的世界丰盛"。

或许，有时我们会觉得她的笔力浅了，一些文章缺乏老辣鞭辟与经典构架，但我想，诚如鲁迅当年这样说刘半农的文章，"他的浅，却如一条清溪，澄澈见底，纵有多少沉渣和腐草，也不掩其大体的清""不如浅一点的好"。我认为，萧萧就该这样——这样很难，但这样就挺好。

散文从深容易，从浅难。我固执地以为，散文是文学中的道家，是老庄之道，劝人出世、避世、遁世，是劝人停下、坐下、放下，是超脱飘逸于红尘之上的。如深水浅走、踏浪徐行的轻功。诗歌是文学中的哲人，洞烛世界，洞察世界，洞释哲理，发微抉隐，是精神的烛光和灵魂的使者。小说则是文学的引渡者，教授、训授、传授，歌功颂德或愤世嫉俗，悲天悯人或情系苍生。而散文不必偏执于小说及诗歌的那种所谓的深刻，它尤其不必过多地关注和渲染苦难。作为一种文体，散文没有太多的藏污纳垢的间隙。散文的深刻在于它的轻盈，以薄履厚，举重若轻，引导人从渊薮中走出，淡然、淡定、淡忘。对此，萧萧的悟性是足够的。她从苏东坡跌宕起伏的传奇人生中觉悟了散文的本质——"他身负才华，半生被贬，竹杖芒鞋，却鲜少抱怨。在那一蓑烟雨中，他快意浮生，享美食，览胜景，写下一篇篇酣畅淋漓、流传千古的文字，供后人品赏"。

我也算是写了不少散文的人，对于散文这种文体，也算是做过一定的研究。窃以为，中国当代散文如果找不到可以横跨至少百年的新思路、新概念，目前的弯路半径会越来越大。随着当代第三次文学浪潮的到来，浪漫主义文学将以主潮价值与持续了两个世纪的现实主义融为一体。在这样的背景下，散文最有可能成为这一新时代艺术的弄潮儿。我相信，萧萧是能感受到这一时代的召唤的，因此，她的散文，在某种程度上，也是具有浪漫主义散文的特质的。

但愿，我们都能像萧萧那样，让鲜花天天开满自己心情的枝头。

彭　洋

（作家、书画篆刻家、文化学者）

静待花开

人活一世，草生一春，来如风雨，去似微尘。每个人来到这个世界上都不容易，从呱呱坠地、牙牙学语、姗姗试步，再到求学路上"过五关斩六将"，我们要历经多少岁月、经受多少磨难和考验，才能在生命的东奔西突中找到真正属于自己生命的那抹色彩？

大学毕业后，没有任何家庭背景的我被分配到乡下的一所中学任教。蛇虫鼠蚁侵扰睡眠，人心叵测暗中算计，在那个潮湿、狭隘的地方，我历经了各种纷杂人事。因为不甘一辈子困囿于此，暗暗立誓要改变现状，去到更广阔的天地，考研便成了唯一的选择。我挑灯夜战，在无数个暗夜忍受寒冷，克服倦怠，埋首书山题海，终于如愿以偿和心爱的他考上南方同一所高校、同一个专业就读研究生。重新回到大学校园，我加倍努力学习专业知识，不断充实自己、锻炼自己，毕业后顺理成章地在城里就了业、安了家。和大多数普通人一样，我和先生在这个陌生的城市早出晚归，谋个一日三餐温饱。不一样的是，在安置好生活的锅碗瓢盆之余，我们还在字里行间挥洒青春汗水，于纸墨书白寻访远方憧憬的岁月……久而久之，文字变成了治愈心灵创伤的一剂良药，变成了黎明前的一道亮光。

经历数十年的风风雨雨、磕磕碰碰，我明白了许多道理：与其取悦他人，得到认可，不如成长自我，成就未来，找到真正属于自己的精神家园。于是，我远离纷扰和喧闹，埋头书海。我在屈原的香草园里徘徊不前，"朝饮木兰之坠露兮，夕餐秋菊之落英"；我在王维的《辋川别业》诗中流连忘返，"披衣倒屣且相见，相欢语笑衡门前"；我在杜甫草堂阅读战乱带来的心酸，看那青草深深昭示着幽幽光阴；我在李清照的婉约词里找寻泼茶赌书的欢娱，惊奇于那个弱女子是怎样在乱世颠沛流离中仍不改其贞烈品性……那些点亮内心的绝美文字，犹如拨开云雾见太阳，使我的心胸一天天豁然开朗起来，看见更大的世界。

在阅读的世界里，我遇见了"国民偶像"苏东坡跌宕起伏的传奇人生，他身负才华，半生被贬，竹杖芒鞋，却鲜少抱怨。在那一蓑烟雨中，他快意浮生，享美食，览胜景，写下一篇篇酣畅淋漓、流传千古的文字，供后人品赏。我邂逅了"中国最后一位女先生"叶嘉莹的传奇故事，她辛劳半生教书育人传承古诗词文化，老来却甘守清贫捐出毕生积蓄奉献人间，人们称她是"穿裙子的士""桃李满天下"，实在不算过誉……正是这些活得通透、看淡得失、丰富而有趣的灵魂，陪伴我度过漫长的黑夜，使我在孤寂中寻找到了那时隐时现的一抹萤火，寻找到了那生命向上生长的微弱力量。

繁忙的工作之余，我把"诗和远方"作为自己排解压力、消除烦恼的最好的方式。在行走中寄情山水，无问西东，与天地共舞；在旅途中看花开花落，品云卷云舒，感受生命四季轮回的变化。正如古人所言"朝碧海而暮苍梧"，在交通高度发达的当下，久远的"神话"已成为现实。晨起还在高山雪地欣赏雪莲花，穿着棉袄吃火锅；傍晚便来到了海边看夕阳跌落，在椰树下品尝刚打捞上来的生猛海鲜。满足味蕾后，赤脚走在柔软的沙滩，看海鸥翱翔，感受海水拍打滚滚浪花……心潮澎湃，海阔天空，呵，咱也做了一回逍遥人间的谪仙人。

记得有一年秋天，携家人一起游走北海，登上当地最高的山——冠头岭，放眼望去，沧海茫茫，海天一色，夕阳如同一个巨大的火轮悬挂在海面上，映红了半个天边。置身其中，顿感宇宙洪荒，天地之大，人之渺小。那一刻，我忽然想起李煜在《渔父》里的那句——"一壶酒，一竿身，快活如侬有几人"。人生的诸多烦恼、无奈和痛苦，在大自然的惊涛骇浪里，在变幻莫测的海天一色中，显得多么微不足道。

工作之余的行走和写作让我在有限的时间里，拓展了生命的深度和宽度，结识了众多不同领域志同道合的朋友。远方不仅有惺惺相惜，也有思念和牵挂。在与三五好友围炉煮茶和诗酒田园中记录时间片刻的点点滴滴、所思所想，于是便有了写作的源泉和底气，也找到了灵魂摆渡的出口。

有一天，一位熟悉我的作家朋友对我说："是时候了。"我也知道是时候了，于是，便抱着试试看的心态，找出以往或存放在电脑里，或刊发在各类报刊上的随笔、小品文，在发黄的旧纸堆里重新寻找生命的感悟，在慵懒的日常中再次品读岁月的感动……经过半年多的打磨和再创作，这本散文集渐见雏形。

小满，万物见长。南方雨水丰沛，小池满了，江河满了，菡萏初放。自然，最懂得节律，满是一种欢喜，小是一种谦卑。在这个盈满的时节，我将书稿慎重地交付到广西科学技术出版社编辑的手上，是源于心底的一丝小小的充足、小小的欢喜和一份小小的仪式感。这一路走来，我遇到了很多好人，感谢为我拨开层层迷雾的他，感谢为我撑起明灯的她，感谢如烟花般灿烂的他们……给了我希望和勇气，给了我一路坚持下去的定力与耐力。

谨以此书，一半敬过往，告别并不峥嵘的岁月，以慰平生的身心困乏；一半敬明天，盼万物欢欣，白云翱翔，浓绿如炬，以慰笔下的世界丰盛。

萧　萧

目录

城事物語

我时常念着

念着那座城里

有云的游走

有光的悸动

就像风

起了

也停了

漓江穿城过

　　有人因为一个人，喜欢一座城，而我因为一条江，爱上一座城。

　　多年前的一个夏天，一个偶然的机会，我和一群记者来到广西海拔最高的山——"华南之巅"猫儿山，探访漓江的源头，看"桂林山水甲天下"的美。

　　早上从桂林市区出发，车子穿过平坦的灵川地界，驶进资兴高速公路。路况弯弯，水波倒映下，两侧高低重叠起伏的山峦像一群奔驰的野兽般竞跑，向着远方而去。举目四望，竹海茫茫，一望无际，间或有几家农家小院点缀其间。几只慵懒的猫、狗，或在屋檐下安睡，或在树荫下打架；一只肥大的母鸡带着一群小鸡在瓜菀下觅食，全然不顾车子驶过扬起的烟尘。

　　临近中午时分，我们到达漓江源头附近。山路狭窄崎岖，溪中怪石嶙峋，车子无法前行，大伙只好下车步行。此时，天空忽然下起了毛毛细雨，山上温度骤降，大家裹紧身上的衣服，循着水流的声音，踩着乱石，蹚过溪涧。丛林深处那水声越来越清脆。当经过一个流石的凹陷处，一汪碧水波光粼粼，倒映着蓝天白云。大家欣喜若狂，纷纷举起相机对着眼前的美景不断按动快门。我顺手摘下身边的一片大树叶，拂去烟尘，折成杯子状舀起水便往嘴里送。轻啜一口，清甜的凉意席卷口腔，浸润喉咙，沁人心脾。

漓江源头位于猫儿山主峰下一个山间开阔平地，茂密的原始森林中，溪流纵横汇聚成潭，潭水汇聚成河，河水逐渐汇聚成漓江。漓江穿过高山峻岭，那山在水面悄然投下倒影，从而造就了万千美景。"船在水中行，人在画中游"，漓江的美，不仅美在水的清澈，还美在水和山融为一体。清代著名诗人、文学评论家袁枚畅游漓江时，欣然写下《由桂林朔漓江至兴安》这一首绝妙的诗句，"江到兴安水最清，青山簇簇水中生。分明看见青山顶，船在青山顶上行"，好一幅灵动的山水画，好一派风光独特的田园美景呵。

都说一座城市有了水便会灵动起来，何况山环水绕，云雾升腾，城在水中氤氲，水在城中蜿蜒，怎能不让人有种如梦如幻的感觉？而这，只有身处桂林才有。那山，拔地而起，高耸入云；那水，穿城而过，滋育万物；那雾，缭绕山水，点缀了这座城的四季轮回。多年过去，我仍念念不忘漓江那种一尘不染的洁净，那种直冲心脾的清凉，那种远离尘嚣、遗世独立的风骨，它婉转萦绕在我的梦中，重复了千百遍……

因为一条江，桂林吸引了国内外一批批游人接踵而至。"桂林山水甲天下，玉碧罗青意可参"，南宋诗人王正功的这一诗句说的正是漓江。他还将该诗刻于独秀峰读书岩上。一句"桂林山水甲天下"从此成了千古绝唱，令桂林享誉中外、妇孺皆知。

回望跨越千年的时空，这里曾有过不同寻常的故事。

秦国统一六国后，秦始皇派大军去征服岭南。为方便运送征讨岭南所需的军队和物资，于是命史禄开凿河渠以沟通长江水系的湘江和珠江水系的漓江。一南一北两条朝着不同方向奔涌的河流，为中原与岭南地区的经济文化交流铺就了极好的温床。南风呼呼，北风啸啸，汉代伏波大将军为开拓疆土南征北战，沿着湘江、漓江一路挥师南下，疾行的车马声和厮杀声震撼了骆越交趾之地。获胜的大旗随风飘扬，凯旋的号角冲破云天……至今，在八桂各地的伏波庙仍依稀可见当年那段波澜壮阔的历史。大唐盛世，疆域辽阔，朝廷命官从都城长安远赴岭南蛮荒之地施政纲领，护一方百姓，守一方平安。唐代著名诗人韩愈在送友人严谟离开长安南下桂林为官时，曾作《送桂州严大夫同用南字》一诗。诗中盛赞了桂林的奇山秀水，"苍苍森八桂，兹地在湘南。水作青罗带，山如碧玉篸"，言中之意是鼓励朋友：那个地方虽偏远，却多么令人神往、启人遐思，你值得去游览一番啊！而晚唐诗人李商隐，在经过四千七百余里心意黯然的长途跋涉，当见到四月满城花开、春意盎然的桂林时，禁不住惊喜提笔写道："城窄山将压，江宽地共浮。东南通绝域，西北有高楼。神护青枫岸，龙移白石湫。殊乡竟何祷？萧鼓不曾休。"不难看出，岭南奇异的风土人情对诗人深深地吸引。

从古至今，桂林山水的美景不知陶醉了多少文人墨客，他们留下无数脍炙人口的诗作，结成了中国优秀传统文化的一朵朵奇葩。

1937年生于桂林的白先勇先生，因战争背井离乡，在台湾度过了他的少年时期。后来留学到美国，在美国定居的几十年，白先勇仍忘不掉那碗令他魂牵梦绕的桂林米粉。他的短篇小说《花桥荣记》，用一碗桂林米粉讲述了海峡两岸桂台同胞之间阻隔不断的亲情和血脉相连的故事。小说中的人物对故乡广西一次次地回忆，诉说着自己永远不能忘却的乡音、乡味、乡情、乡恋，让读者看到身居宝岛台湾的广西同胞对乡愁深深的眷恋之情。"一碗桂林米粉，唤醒一群人的乡愁。再美的花儿，都不如故乡的好看；再诱人的美味，都不如家乡的米粉香。"家的味道融在食物里，一碗米粉一世情，回不去的是故乡，甩不掉的是乡愁。

是啊，在远离故土、四处漂泊的游子内心深处，桂林不仅有神奇的山水、美丽的自然风光，还有那让人回味无穷、消解乡愁的桂林米粉。我的一个当记者的朋友，早年在省城打拼，事业有成且有了不错的薪资，后来终归还是携家带口一并回到了老家桂林。用他的话说："桂林不仅是我的精神故乡，也是我的口福之乡。"每天早上，一碗米粉畅快下肚后，他心满意足地去上班，开始一天优哉乐哉的工作；双休日，他一个人静静地在石刻碑文里品读古人的智慧，在文字和文物中感受传统文化的魅力；节假日，他在山水田园中流连忘返，感悟四季轮回，不必再去追求诗和远方……

朋友的话不无道理。人生在世一场，不管是荣华富贵、轰轰烈烈也罢，还是粗茶淡饭，在巷陌中寂寂无闻也好，到头来终归要走向沉寂与死亡。走得最急的都是风景，留下来的才是人生。不如，让我们在这天地间寻一处心安处，静静坐下来，闲看庭前花开花落，坐观沧溟潮涨潮落，醉望苍穹云卷云舒……

芳菲柳州

　　我出生在湘桂交界的一个小县城。很小的时候，我就听说广西有一个城市叫"柳州"，那是小舅踏入社会初次工作的地方。

　　以前，不止一次听母亲说过，她陪同小舅母去柳州看望小舅，晚上在柳州铁路局附近的招待所里洗澡。从没见过电灯泡的母亲和小舅母不好意思在亮晃晃的灯光下裸露身体，于是就用一条旧毛巾包住悬在半空的灯泡，囫囵吞枣地冲一冲就完事。当时外婆还健在，听母亲说了这事后差点笑岔气，骂她俩没见过世面。外婆年轻时家境不错，在县城经营一家手工作坊，中华人民共和国成立前还跟随外公去过桂林城区，见识过靖江王府的厚重与奢华。

　　在我儿时的印象中，柳州交通地理位置特殊，铁路纵横交错，焦柳线、湘桂线、黔桂线在此会合、延伸。此外，柳州也是一座从早到晚老冒青烟的昏暗城市。当年，我走进社会步入工作岗位因职业缘故去柳州出差，才真正发现这座城市不仅有密织的铁路网，还有钢铁、汽车、奇石、棺材和绕城而过的百里柳江，以及在鱼峰山传歌和成仙的刘三姐。因为酸雨的缘故，那时，柳江上空总是灰蒙蒙的一片，烟雾造成能见度低，马路上跑的基本是清一色的五菱面包车，路边的树木多半被盖上一层厚厚的灰尘。

后来，当经济大潮在神州大地汹涌袭来，城市发展日新月异，高楼大厦鳞次栉比，人民对美好生活的向往不再止于眼前的钢筋水泥，还有对居住环境改善的迫切需求。不甘落伍、敢为人先的柳州人下定决心，上下一致，实现从"酸雨之都"到"花海城市"的蝶变。经过几年的苦心整治，柳州的天空变得湛蓝，空气里弥漫的不再是酸雨的刺鼻味道。碧绿的柳江如同一条青罗带从城市蜿蜒流过，街道两旁树木葱茏，火红的紫荆花迎风招展……

每年春回大地，一夜春风，柳江两岸的洋紫荆开始怒放，整座城市便笼罩在一片粉烟紫霞中。漫步河畔，青春少女略施粉黛，一举手一投足惊艳无数目光。上了年纪的大妈也不甘示弱，从头到脚"全副武装"，彩带与红霞齐飞，羡煞一众路人。小孩嬉戏打闹，青年奔跑骑行，老人驻足休憩，情侣你侬我侬。摄影发烧友扛着"长枪短炮"，三五成群聚集在紫荆树下一顿狂扫。空中无人机嗡嗡作响，全民共享一场花卉盛宴，肆意炫耀着生活在这座城市的美好。

一年一度举办的柳州国际水上狂欢节更是生态文明建设成效的佐证。那一叶叶五颜六色的风帆，如同碧空中的点点星星在柳江游弋，上演了一场速度与激情的盛会，让来自五湖四海的围观者见识了柳州不一样的精神风貌。

伴随着中华人民共和国铿锵前进的步伐，一向以交通四通八达而著称的柳州敞开胸怀，接纳了来自全国各地的技术管理人员，这个边陲小城从此热闹了起来，有了不同地域、不同文化的交流与碰撞。柳州制造出广西第一辆汽车、第一架飞机，柳州钢铁厂、柳州热电厂、柳州联合机械厂等一批工业项目在这里落户，一度成为华南仅次于广州的工业重镇，拉动上下游众多行业蓬勃发展，繁华至今。对于这番景象，不知当年遭遇贬谪、植柳柳江边的柳宗元看了会有何感想，是否还有"宦情羁思共凄凄，春半如秋意转迷"的忧愁？

柳宗元想不到的或许还有，一千多年后，柳州还会因为一碗小小的螺蛳粉而享誉全球，成为网红打卡地。2014年以前，想吃地道的螺蛳粉只能走进当地的实体店。2014年底，第一家袋装螺蛳粉企业诞生。2020年，袋装螺蛳粉的产值超百亿元，远销海外二十多个国家和地区，超过二十五万个就业岗位遍布在全产业链各个环节。当一箱箱包装精美的螺蛳粉越过高山丘陵、漂洋过海到达世界各地，换来千亿元产值时，二十万农户解决了就业问题，数以万计的人因此脱贫，步入小康后的柳州人民露出了欣慰的笑容。要知道，疫情之下，多少人失去就业机会，家庭生活陷入困境，而柳州却在全球经济走向衰落之际，奋起直追，乘势而上，将螺蛳粉打造成支撑一方经济的重要支柱，使之华丽转身为食品行业逆袭的一匹黑马。

提起柳州上汽通用五菱，相信没有人会不认识。虽说没有奔驰、宝马、奥迪那么奢华高级，也没丰田、本田那般高贵的身份，但在中国老百姓的心目中，上汽通用五菱绝对是"神"一般的存在。因为，五菱汽车不仅价格便宜、质量过硬，同时载人载物也不在话下。作为柳州市汽车工业的杰出代表，上汽通用五菱为促进柳州市的工业发展做出了重要贡献。"人民需要什么，五菱就造什么！"2022年，柳州上汽通用五菱的这句口号走红网络。在疫情最为严峻的时候，惯于创新，不走寻常路的柳州上汽五菱人急国家之所急，以人民为中心，及时调整生产线，调集人力物力，不分昼夜，在短短一个月内生产出上万个口罩，为在困境中徘徊的人民群众送上寒冬里的一丝温暖，解了燃眉之急。柳州上汽通用五菱用行动彰显了作为中国企业的社会责任和担当。

这，也是一个城市的品格——关键时刻挺身而出。

中元节前一天，就在我写下上面这些文字时，传来小舅驾鹤西去的消息。本想趁今年工休回老家看望弥留之际的小舅，工作繁忙一直未能如愿，也因此成了我终生的遗憾。回想起当年，风华正茂的小舅为了自己的理想，远离父母，只身一人来到"山歌之城"柳州，用稚嫩的肩膀扛起生活的重担。他经历过中华人民共和国成立之初的三年困难时期，待工作稳定下来后，便怀着满腔热情，一心扑在了工作上，为柳州的建设贡献了青春全部的力量。小舅略通文墨，喜欢唱歌，一次在同伴的邀约下，兴致勃勃地爬上"广西山歌发祥地"鱼峰山，跟别人对山歌对了两三个小时，酣畅淋漓地过足了一把唱山歌的瘾。后来，由于夫妻两地分居，小舅依依不舍地离开了柳州，去往另外一个小城安家乐业。小舅靠着双手，和小舅母一起勤俭持家，抚养大了五个儿女。待儿孙承欢膝下，本以为可安享晚年，却因为疾病的折磨，早早地离开人世。小舅一生最爱的城市便是柳州，他常说那里镌刻着自己青春奋斗的印记，是与他血肉相连的另一个故乡。然而，在人世的最后，小舅并没能实现他一直所期盼的那个"再次回到这个故乡怀抱"的愿望，不知他是否有些遗憾？

希望小舅在赶赴黄泉的路上，还能兴致勃勃地爬上鱼峰山，放喉纵情对上一曲他心爱的山歌。

被茶吻过的烟火

"九嶷联绵属衡湘，苍梧独在天一方。孤城吹角烟树里，落月未落江苍茫。"这是宋代大文豪苏东坡途经梧州泛舟时所吟的诗句。在当时诗人的眼里，远离京城的梧州，是何等的偏僻与荒凉……

我对梧州的印象，得从大学时候说起。

那时，班上有位漂亮的女生，从梧州乘船来南宁上大学。她的父亲是一家国有工厂的领导，隔三岔五来南宁开会，空闲之余，便会到学校看望女儿，并捎上一大盒梧州当地盛行的点心。作为这位漂亮女生的同室舍友，我不时也就有机会品尝一下那个年代难得的人间美味。大学毕业后，这位家境优渥的女生漂洋过海，早已移民加拿大温哥华定居。多年过去，她已成为两个孩子的母亲。前些年，我们大学同学相约邕城小聚，她不远万里赶回。说起当年的点点滴滴、毕业后的种种遭遇，大家不禁感慨万千。

一座古城，千百年的沧海桑田湮灭了多少人和事，却总有一些特别的味道令人无法割舍。

多年前，在梧州白云山下品尝冰泉豆浆的情景至今令我难以忘怀。那种用当地泉水精心制作出来的奶黄色汁液格外浓稠，入口嫩滑细腻，唇齿留香。小小的一碗豆浆，何以引得天南海北的来客络绎不绝，门庭若市？与冰泉有密切关系。说起冰泉的来历，那可就久远了。据《梧州府志》记载，梧州白云山脚"冰井"的由来可追溯至唐朝年间：唐大历三年（公元768年），唐朝经略使元结来到梧州，在城东发现了一口古井，尝之，水甘寒若冰，乃称之"冰井"，并在井的旁边建寺，取名"冰井寺"。从此，"冰井泉香"便成了梧州的一大景观。明朝翰林大学士、《永乐大典》的主编解缙到梧州，慕名游览"冰井泉香"，一阵清香扑鼻而来，解缙循香而寻，发现不远处有一豆浆铺，走近一看，只见锅内豆浆如脂似乳，香味四溢，尝之，嫩滑香醇，得知这豆浆是用冰泉水制作的，赞不绝口。从此，"冰泉豆浆"的美名四方远扬。如今，冰泉豆浆依然遵循古老的烹煮方式，用传统柴火烧煮，即慢火翻滚，去沫留浆，煮熟后再一次过滤，后把豆浆移至铜锅，用炉灶的尾火再慢慢熬煮，这才成就了口感细腻、嫩滑的冰泉豆浆。

再说梧州龟苓膏。梧州龟苓膏看上去貌不惊人，黑黝黝、半透明，吃起来却滑嫩弹口，略带微苦。据传，当年诸葛亮带兵南征，士兵到岭南后水土不服，上吐下泻，当地有经验的人便给诸葛亮推荐了一个土方子，这才令军队免遭更大的损失。这土方子就是龟苓膏。在梧州人看来，龟苓膏既是一道美食，又是一剂可用于降火、祛湿的防病良药。为适应现代生活节奏，如今，梧州龟苓膏采用现代食品生产技术，推出了各种不同风味的速食食品，以适应不同人群的需求，备受人们的青睐。

梧州素有"百年商埠"之称，曾是岭南地区政治、经济、文化中心，骑楼是其昔日商贸繁华的标志。这些极具异域风情的建筑与中式牌坊、花窗、雕花完美地结合在一起，独具地方风情。漫步骑楼街，扑面而来的是浓郁的岭南风情，让人情不自禁地想要放慢脚步，去细细品味古老的历史和文化，去聆听巷子里传出的阵阵悠扬粤曲。

2019年2月28日晚8时，中央电视台中文国际频道播出《记住乡愁》（第五季）第四十集"梧州骑楼城历史文化街区——握手楼里看中和"。随着片头曲《乡愁》的响起，骑楼城、龙母庙、东出口……每一帧画面闪过，一个个"互济互利、守望家园"的骑楼故事开始娓娓道来。梧州历史文化研究会会长毛廷贵在见识了骑楼城中蕴藏的文化瑰宝后，感慨道:"梧州的历史文化悠久而灿烂,骑楼文化是其中的优秀代表。如今梧州骑楼城登上了'央视'这个大舞台,让全国各地的观众领略它的独特魅力,我作为一名研究梧州历史文化的学者,发自内心感到自豪和振奋。"

"半城骑楼半城水,鸳鸯江畔品六堡。"说起梧州,六堡茶也是一张不能不提的城市文化名片。

六堡茶是中国历史名茶、广西梧州著名的土特产。六堡茶是后发酵黑茶类的代表,因产于广西梧州市苍梧县六堡镇而得名,以"红、浓、陈、醇"的四绝品质享有鼎鼎盛名。早茶是广西梧州独特的喝茶习俗,流传已久。茶客坐定,服务员请茶客点茶和糕点。点心种类繁多,有燕麦包、叉烧包、小笼包、梧州肠粉、梧州艇仔粥、冰泉豆浆、西江牛奶、西江虾饺等,味道也十分多样。茶有六堡茶、普洱茶、茉莉花茶、龙井茶等,其中六堡茶更是食客首选。一壶上好的六堡茶冲好后端上桌来,单看那晶莹剔透的红褐色茶汤,就足以让人胃口大开。

夜幕下的梧州,灯影幢幢。街头巷尾或明或暗的茶馆里,红木长桌上,古朴的茶具摆放整齐,泡茶的姑娘穿着休闲的唐装,用纤纤玉手将泡好的茶汤倒入白色公道杯里,依次分给围坐成一圈的客人。大家三三两两交头接耳,或谈古论今,或针砭时事,更多的是各路人士快意恩仇……浓郁的茶水消除了他们一天的劳顿。杯盏之间，香气不唤自来；浮沉之间，尽显生命本色；浓淡之间，品味人生百态。

六堡茶就这样融入了梧州人的日常，深入梧州人的骨子里，天长日久，早已成为他们独特的生活方式。一杯茶，本是寻常烟火，但梧州人硬是将它变成一篇洋洋洒洒的文章，那字里行间无不渗透着梧州人的生活态度——要慢品，要优雅，要舒坦，要从柴米油盐里剥离出来，在安静舒适的空间里，把生活还给生活，把日子过成诗。

每次到梧州出差，公务结束后若有闲暇，朋友总会驱车带我去幽静的茶馆深聊。前些日子出差路过梧州，在国家非物质文化遗产六堡茶制作技艺传承人陈伯昌大师的工作室，见识了一筐筐存放了几十年的老茶。一口茶入喉，在舌尖轻轻环绕，缓缓吞下，齿颊生香，灵魂里也浮荡着一缕细细的香气，顿时让人感觉喝的不是茶，而是一段久远的时光。

恰好，当天有一知名演员也在梧州市苍梧县六堡镇直播推介茶文化。作为土生土长的广西人，我对六堡茶的推介当然不遗余力，也希望更多的人了解六堡茶、爱上六堡茶。记得2015年初，当时我还在自治区党委对外宣传办公室工作，有幸参与《梧州六堡茶》六集纪录片的策划与制作，从此对六堡茶有了更多更深入的了解。也是从那时起，我爱上了六堡茶。

作为"中国三大黑茶"之一的六堡茶，近年来，在各级政府的指导与推动下，其产业蓬勃发展，产值逐年上升。不少从业者以六堡茶为依托，或在高山丘陵种植茶树，或传承古老制茶工艺，或开设茶馆传播茶道、弘扬茶文化，成为六堡茶茶产业链上一朵朵绽放的浪花。

遍布八桂大地的各色茶馆，或古色古香，或精致时尚。街头巷尾仍保留着六堡茶的一席之地，甚至还有专营六堡茶的茶庄。在我的朋友中，更有痴迷六堡茶的忠实粉丝。那次，我受邀到他的茶室参观，大开眼界。在南方潮湿的季节里，为了不让茶叶受潮发霉，朋友专门租用了一套南北通透的房子来存放各个年代生产的六堡茶，并给茶叶分门别类编上了年号。不仅如此，他还将部分散茶放进密封的坭兴陶罐里小心储存，以备随时取用。朋友时常还笑着说，以后女儿的嫁妆就靠这些老茶了……

一间幽静茶室，几缕阳光斜照，几朵幽兰点缀其间，清清浅浅，或明或暗……闲时邀三五好友一起围炉煮茶、品茗论道，可化去生活的苦，品日子的甜，度过不少美好时光。

北海，向海而生

很早以前，就读过海子的那首诗："从明天起，做一个幸福的人，喂马，劈柴，周游世界。从明天起，关心粮食和蔬菜。我有一所房子，面朝大海，春暖花开……"这是海子的美好愿景，也道出了许多人的梦想。

五月的北海，艳阳高照，涛声依旧。作为一个自小便有着大海情结的人，我再次走进中国古代"海上丝绸之路"的始发港——北海，感受这一滨海之城的前世今生。

上天眷顾，给了广西一片蔚蓝的海。位于北部湾之北的北海尤幸，三面环海，海域辽阔，海上贸易源远流长，至今犹盛。

20世纪80年代初，当改革开放的春风吹绿大江南北，昔日沉寂一隅的小渔村一夜之间被唤醒。各路精英、商贾云集于这个边陲小镇，城市在扩展、延伸中展露新的风姿，高楼拔地而起。风从海上来，浪花飞溅，千帆竞发，古老的土地、绵延的沙滩，风起云涌，融入时代发展的浪潮，焕发勃勃生机。

曾几何时，摊大饼似的无序竞争、重复建设，给这座城市的发展带来了严重的后遗症。房地产泡沫散尽后，人去楼空，门可罗雀。近海的栋栋别墅破壁残垣，惨不忍睹，成了天然的养鸡场、养牛场，荒草丛生……

作为这座城市一张亮丽名片的银滩也难逃厄运。各式各样的违章建筑令人眼花缭乱。店铺林立，经营乱象时有发生。摊贩游走兜售，叫卖声不绝于耳，外地游客被欺、被宰的现象屡见不鲜。

痛定思痛，当地政府重拳出击，立足北海的优势和特色重振雄风，舞起向海经济发展的龙头。众志成城，在开放合作的路上开启大手笔，擂响时代前进的大鼓，奋力续写21世纪"海上丝绸之路"新篇章。

九万里风鹏正举，还看今朝。北海在潮起潮落的时代变幻中，迎来了新的发展机遇。经济结构调整，产业转型升级，筑巢引凤，一大批高端人才云集北海，运筹帷幄；各类高新产业纷纷落户经济园区，抢占先机；各路建设大军蜂拥而至，显露身手……新一轮热潮掀起，北海再次成为世人关注的焦点。

　　美丽的银滩沸腾了，人头攒动。四面八方的客商、游人接踵而至，东北大妈、山东大汉、温州客商、江西的哥的姐在大街小巷游走穿梭，南腔北调随处可闻。人员的流动聚合也带来多元文化的融合与共生。夕阳西下，东北大秧歌、陕北腰鼓和着疍家人晃动的渔船和船夫的号子，回荡在海天一色的上空，绚丽的晚霞映红了天际。

　　久违的骑楼，斑驳的墙壁，古韵悠悠。行走在穿越千年历史的石板路上，在悠长的街巷邂逅那撑着油纸伞袅袅走来的旗袍女郎。信步走入一条狭窄的摸乳巷，在历史和现实的恍惚交错中寻找童年的记忆。推开那扇古朴的青漆大门，贴着雕花的门窗静坐，乐音缥缈，一杯浓咖啡、一壶冰镇凉茶，配上几块虾仔饼，慢饮浅酌，足以消磨午后炎热、难耐的漫长时光。

　　而在蔚蓝的大海深处，由火山形成的涠洲岛则是另外一番景象。

　　这座小岛以独特的自然风光和客家民俗成为众多游客的首选观光地。若是碰上节假日，定是一房难求。植被葳蕤，绿意葱葱，高大的相思树枝繁叶茂，遮天蔽日。远处水天一色，波光潋滟，海风不时裹挟着鱼腥味扑面而来。织网的渔民和晒着日光浴的游客各得其乐，构成一幅人与自然和谐共处的秀美画卷。岛上的渔家餐馆、农家乐随处可见，各种生猛海鲜轮番上市。游客若是走累了、玩尽兴了，便可随意走进一家大排档大快朵颐。在自发形成的露天交易市场里，刚打捞上来的各种活蹦乱跳的鱼虾沿路两旁一字排开，游客和摊主一番讨价还价上秤后，就可借用附近渔家的厨房来一番倒腾，不消一会儿，挑剔的味蕾便得到全然的满足。

站在明代剧作家、诗人汤显祖的雕像前，思绪蹁跹。这个布满了历代文人骚客被贬后流放的足迹，且一度沦为蛮荒之地的边陲小镇，如今已是旧貌换新颜，挺立时代潮头，风姿绰约。

湿地公园白鹭飞，红树林下鱼虾欢，栋栋高楼依海而建。放眼四周，潮涨潮落，海鸥成群，展翅飞翔。高耸的龙门吊和偌大的原油库在不远的铁山港高耸而起，向海经济发展的宏伟蓝图已欣然绘就，雏形初现，未来是可预见的美好。

回望历史，遥远的古汉木船悄然起航，丝路沧桑，扬帆万里，筚路蓝缕，撒播了和平与友谊的种子，积淀了开放包容、互利共赢的"丝路精神"。展望未来，万吨级集装箱船舶齐聚铁山新港，整装待发，汽笛声声，路海相通，美美与共，天下大同的日子必将到来。

忽到浔州江上饮

桂平，有人说她是南方大地上的一处神迹，这里有人杰、有盛景；有人说她是屹立在北回归线上的一座巨塔，六万大山葱葱郁郁，巍峨不可撼动……而我说，桂平是一颗明珠，被天神安然地存放于北回归线上，她的风采，令所有有幸目睹过的人都终生难忘。

我与桂平的相识、相知，缘于一次美丽的邂逅。

记得女儿刚上小学时，上有老下有小，加上工作压力大，我身心俱疲，原本红润、细腻的脸日益变得暗黄、粗糙起来。一个偶然的机会，我结识了桂平瑶医传承者周芬姐姐。

古老神奇的瑶医瑶药是我国民族医药中的一枝奇葩。千百年来，民间瑶医瑶药因其颇具特色的诊疗方式和独特的疗效为世人蒙上了一层神秘的面纱。瑶家药方自古便有传女不传男的习俗，作为瑶族女儿，周姐姐根据祖传秘方研制了一款美颜润肤的产品，委托广州一家有资质的公司进行小批量生产，并在亲朋好友中试样推广。周姐姐的产品内服调理中气，外涂护肤养颜。自从用过她的产品后，我的皮肤逐渐变得红润，目光变得有神起来，不久又重拾了自信，每天忙里忙外，干劲十足。

有一天，我坐在梳妆台前，看着周姐姐给我的那一瓶瓶护肤品，不禁惊叹于它们的神奇！心想，桂平六万大山浓密的深林里究竟汲取了天地间多少日月之精华，才能长出如此不同寻常的天地宝物？半年多后，因工作出色，我如愿以偿地担任了一家省级刊物的副总编，更有了干事创业的底气。就在我对未来信心满满且事业干得风生水起的时候，上天眷顾，给了我一次前往桂平出差的机会。

金秋时节，天高云淡。当车子驶出南宁一路向东奔驰时，我的脑海里对那个地方已经浮想联翩，并心生向往。

驶入桂平境内，西山宛如一座天然的屏障，隔绝了尘世间的喧哗和浮躁。极目远眺，山中有山，气势磅礴；景中有景，葱茏可爱。桂平地理位置优越，北回归线穿城而过，沿线雨量丰沛，林木繁茂，桂平便是因桂树成林且雄踞浔江平原之上而得名，古称"浔州"。浔江穿境而过，土地肥沃，物产丰富，故桂平素有"桂东南粮仓"之称。当年，国民党桂系首领李宗仁屯兵桂平，不仅因为桂平是军事要地，其三面临水，易守难攻，还因为这里有丰富的物产和骁勇善战的士兵。

早有耳闻桂平有着珠江流域最宏伟、最壮观的大峡谷，今日终于得以一睹大藤峡的真面目。

大藤峡位于桂平城区西北约8公里的黔江下游，是广西境内最大、最长的峡谷。传说，古时有大藤如斗，横跨江面，昼沉夜浮，供人攀附渡江，因而得名。峡中河道曲折，江流湍急，危岩奇突，滩险密布，暗礁四伏，巨浪翻滚，江水汹涌，涛声如雷。明代著名地理学家徐霞客在《大藤峡游记》中写道"有石自江右山麓横突江中，急流倒涌，遂极满颎洞之势""两岸山势高耸，独冠诸峰，时有山峰悬峙"，描述的就是大藤峡山雄、峰秀、水急、滩险、景美的壮观景象。由于大藤峡山高峻险，古往今来，成为兵家必争之地。大藤峡还受到皇帝和伟人的关注。明武宗朱厚照为炫耀自己的文治武功，曾亲笔御书"敕赐永通峡"并下令在峡壁刻上这五个大字。1974年春，博览古今的毛主席在了解了此峡的情况后，也曾亲笔写下"大藤峡"。如今，峡壁上仍可见这三字遒劲的风姿。

作为一座千年古城，震撼中外的太平天国金田起义也发生在桂平。如今，遗迹犹存，据说那里古松参天，绿草如茵，经多年建设，设施日臻完善，已成为人们瞻仰观光、学术研究，进行爱国主义教育的首选场所。

车子驶入市区，我们一行下榻提前预订的酒店，还未走入酒店大堂，一股酒香直扑鼻腔，弥漫周遭。正纳闷酒香来自何处，只见酒店门口对面一处石碑上刻着"乳泉酒"三字。原来，素有"广西茅台"之美名的乳泉酒就产自于此。桂平乳泉酒主要是以高粱为原料，用麦曲为糖化发酵剂，采用传统制作工艺酿制而成，因用乳泉酿制故而得名。该酒凭借其清澈透明、香气浓郁、醇厚绵甜、柔和爽净的特点，驰名中外。

放下行李，安顿好一切后，便足登有着"华南佛都"之称的西山。上山取水的人群络绎不绝，塑料桶、玻璃罐，或肩挑，或手提。三五成群，说说笑笑，行走在蜿蜒的山路上，成为一道独特的风景。漫步在西山景区，满眼是翠竹青青，溪流淙淙，翠鸟声声，宛如步入世外桃源。徜徉在无边无际的绿色风景中，绵延的林海随山势起伏，好似波涛翻滚，绵延不绝。沿途的凉亭小桥、幽廊古寺、绿荫茶座给人无限的温馨和惬意。

夕阳的余晖还未褪尽，人已爬至位于山腰的龙华寺。听钟声悠扬响起，悠远无穷的禅意在这袅袅不绝的余音中回荡。只见一棵根须裸露的大树盘根错节在一块花岗岩巨石上，碗口粗细的赭红色树根顽强地伸入巨石，巨石之下便是乳泉。石碑上刻着"乳泉"二字，为古人所书。据当地考证，乳泉是一口远近闻名的古泉，冬不干涸，夏不溢出，当条件适宜时，有如乳白汁喷出，故名"乳泉"。据说，1975年8月的一天早上，滂沱大雨之后，乳泉曾发生过一次"喷汁"过程，历时竟达两小时之久，实属罕见。当地人用乳泉水制作的饮料，味道佳美，颇具盛名。

在西山如棋盘般的茶园里，两位僧人身着浅灰色的僧服，腰间挂着竹篓，正全神贯注地采摘着枝叶最顶端的牙尖。昔闻桂平西山茶素以"嫩、翠、香、鲜"著称，其色泽翠绿乌润，汤色碧绿清澈，滋味幽香醇厚，甘腴芬芳，口齿留香，不知是否果真如此……于是，我上前笑问可否讨一杯西山茶来解渴，僧人友善地笑笑说可以，稍等片刻，待他们收拾妥当，我便跟随下山来到龙华寺，在左厢房旁边的一张长凳上静坐等候。不一会儿，高个子的僧人用木制托盘端来一杯清茶，我细细品酌，只觉口中滋味无穷，或香，或甜，或香中带甜，或甜中溢香……果然"西山茶香，是为四绝，陆羽再世，也叹其香"啊！

不由想起苏东坡讨茶喝的一则故事。一次，苏东坡路过山中一座寺庙，茶瘾发作，便叫书童前去寺里向方丈讨茶喝。书童问如何开口，苏东坡说你过去一站，方丈就知道你要什么。书童照着苏东坡的话走过去，方丈果然拿了一壶茶叫书童带给主人。书童追问苏东坡方丈为何知道他要茶，苏东坡指着书童说："你头戴斗笠，脚穿木屐，站在寺庙中，不就是一个大写的'茶'字吗？"书童恍然大悟。茶，这南方的嘉木，是大自然恩赐人间的神奇礼物。一片叶子，寓含着五千年的文明，孕育出中华民族优雅的生活方式，成为茶人茶客共有的情怀。在诗人眼里，茶能激发人们心中的涟漪：向下，贴近苍茫大地；向中，释放情感理想；向上，散发智慧灵光。

下山路上走走停停，在观音岩的右前方危崖奇特，有一方亭耸立于危崖之上，面对东方，凭栏远眺，放眼浔州古城，寂静如画，天地间的冷暖似在世界的边缘相濡以沫，交融媾和。越过密密丛林，行至听松轩，这里松林如海，山风吹拂，发出阵阵涛声，像平地扬沙，像幽谷夜雨，像大海怒涛，像深山虎啸……

走到西山脚下，车水马龙街道，熙来攘往的人群像潮水，霓虹刺眼，灯光恍惚，亦幻亦真。我像是从一个世界走出来，又走进了另一个世界……

漂在水上的古城

在广西三江侗族自治县的南端，与融安县交界的地方，有一个叫"丹洲"的小镇，流经这里的寻江河中有一个三面环水、与世隔绝的丹洲岛，故而得名。

从融安县城驱车前往丹洲岛，傍晚时分已到达江边。此时，夕阳的余晖已洒落山水草木间，大地的炽热还未消退。

我们将车子泊好，一行三人提着行李快步走下坡底，乘摆渡船过岸。此时，河水清澈，波光粼粼。码头与小岛一江之隔，聪明的丹洲江人傍着便利的水上交通，在岛屿之间穿梭自如。站在船上遥看，对面一座高高的门楼矗立在台阶的平地上。船在前进，岸上的景致越发清晰可见。"古城丹洲"四个大字极为醒目，一副对联排列左右，上联为"丹呈古镇迎嘉士"，下联为"洲奉真情聚福缘"。

关于丹洲古城的来历，据有关记载，明朝万历十七年（1589年），时任当地知县苏朝阳在考察丹洲时，见此洲四面环水，状似鳌鱼，抬头摆尾，大有跃跃升天、独占鳌头之势。远观，青山环绕，绿水缠腰，屏障为山，天堑为水，于是决定迁县城怀远于此洲。时值秋末冬初，但见洲上枫叶尽染，一片赤红，遂将此岛命名为"丹洲"。丹洲岛面积约1.6平方公里，聚居着侗、苗、瑶、壮、汉等多个民族，各民族和睦相处，同舟共济，开出团结奋进的幸福之花。清代进士沈殿青为了赞誉此岛独特的民族风情，写道：

万家城郭起丹洲，

一水中分两岸流。

江汇浮榕成玉带，

道同黔楚奠金瓯。

激湍左右青罗绕，

天堑东西白练浮，

从此澜安波静后，

渔歌谱入太平讴。

三五分钟的工夫，船已到对岸。只见一条绿竹林掩映的阶梯石板路直通岛上。岛上干净、齐整的青石板路向前延伸开去。路两旁的木楼房子多为两三层，高高低低、错落有致，既有现代色彩，又极力保持了旧时青砖青瓦、飞檐与庭院式的风格。有的房子门前挂着红灯笼，有的在房檐的木头柱子插上红色三角旗，显得热闹而喜气。一楼的铺面大多出售当地的土特产，有用当地树上采摘的柚子做的皮糖，有河里打捞的鱼虾干，有自家酿造的果酒……让人眼花缭乱。

正当我们在一处庭院的围墙边津津有味地欣赏着开得恣意高扬的凌霄花时，院门打开，从里面走出来一名中年男子，他热情地迎上前来跟我们打招呼，随后接过我们手中的行李箱，将我们引进院里。

刚要跨进院门，抬头一看，"丹洲书院"四个大字赫然在目。高耸、大气的门牌足有两层楼高，镂花的牌体虽已陈旧斑驳，但历史的厚重仍可见一斑。进到院内，但见花草葱茏，有紫薇、桂花，还有一大片郁郁葱葱的桃林……遥想春暖花开时节，院内姹紫嫣红，蜂飞蝶舞，又将会是怎样的一场视觉盛宴？

据史料记载，丹洲书院于1823年由地方政府及文人绅士捐资筹建，曾隶属柳州学府，生员最多时达800余人。从这里走出去的，不仅有受百姓称颂的文武百官，还有知名美籍华人李亚频女士。20世纪30年代，李亚频女士就读于丹洲书院，后来漂洋过海到异国他乡谋生。不忘桑植养育之恩的她据说还慷慨捐赠了三千美元给母校，用于扶持其教育的发展。

院内一隅，一块被烧焦的耻辱柱引起我的注意。据说，1945年，日军入侵丹洲，烧毁房屋几十间，北楼燃烧时危及此柱，乡亲们冒着生命危险扑救，大柱和教室才幸免于难。

丹洲书院在抗战期间曾是中国科学院和广西师范大学的临时驻所。当历史的车轮碾过岁月的伤痕，留下的不仅是悲苦辛酸，还有人文印记。行走在书院的幽静小径，仿佛依稀还能听到一阵阵琅琅的读书声……

岛上还有一处略显颓废的天后宫。天后宫又称"闽粤会馆"，是明末清初一位薛姓富商仿福建漳州妈祖庙格局所建。在水路交通发达的明清时期，丹洲岛商贾云集，贸易繁荣，天后宫成为那个年代商人们议事、祭祀的重要场所。在其大门前，一副对联赫然入目，上联是"浩浩其天盛德在水"，下联为"明明我后正位乎坤"，横批"闽粤一家"。上下联第四个字合起来读，便是"天后"，足以说明"天后女神"的智慧和崇高德行在人们心中的地位。如今，天后宫稍显暗淡，只有高耸的大门依稀可见当年的辉煌，内部已是残垣颓败，杂草密布，不复当年的繁华热闹。

走出天后宫，抬眼望去，一路之隔便是我十年前上岛入住的那户人家。当年这里只有几间客房，如今已盖起了三层小洋楼，门前的院子里摆放着几口褐色大酒缸，绛红的"酒"字格外醒目。夜幕笼罩下，客厅里灯火通明，不时传出一家人开怀大笑的声音。

岛上经营农家乐或民宿的不只这户人家。那天早上，路过其门前，只见"刘家大院"四个大字悬于高高的门楣上。刘家大院堪称岛上大户。大门敞开，里面空无一人。走进院子，地面铺满了从江里打捞回来的大小不一的乌金石。左侧还有一个鱼池，几尾金鱼正悠闲地游动着。园中花花草草生机盎然。据随行朋友介绍，岛上家家基本早晚都不会锁门闭户，至今还保留着路不拾遗、夜不闭户、邻里和睦的良好风气。

良好的生态环境和淳朴的乡风让远隔重山的北海商人老陈千里迢迢来到丹洲岛，他用现代的理念打造出了一间间别具乡村田园风格的高档民宿，成为岛上网红"打卡"的首选之地。对于久居闹市难以窥见星辰大海的人来说，在清脆的鸟鸣声中闻着河水的流音醒来，是一种难得的精神放松。站在楼顶的露台上，凉风习习，一弯明月高高挂在蔚蓝的天空，四周静谧无声，只有远处的灯火阑珊，那一刻，仿佛回到了美好的童年，与漫天繁星作着无声的交流。

漫步街头巷尾，但见门前屋后种的柚子树和各种花草。每年冬季，金黄的柚子挂满枝头，瓜果飘香，远远看去，整个古城沉浸在一片丰收的喜悦中。

古镇至今无桥连通对岸，据说曾经有人建议修桥，但遭到居民的一致反对，大家声称"一旦有桥，再无丹洲"。关于丹洲岛的传说，当地还流传着一首古诗——"素炼银川绕丹阳，如梦烟霞锁融江。闽粤会馆谈风雅，丹洲书院煮文章。渔夫对唱惊晓月，访客同欢醉晨光。胜地重游寻古迹，登楼作赋话沧桑"，真实地反映了这里安逸闲适的风土人情和世外桃源般的慢生活。

次日上午，我们离开丹洲岛时，阳光已洒满碧绿河水，两岸青山如黛。烈日下的丹洲岛，依然亭亭伫立于融江之中，默默守护一方的平安，正如一诗人所言——"从此澜安波静后，渔歌谱入太平讴"……

银滩之夜

　　来到滨海之城北海，入住银滩边的休闲酒店时，已是薄暮时分。

　　拖着笨重的行李箱，穿过一条青石板铺就的绿荫小道，一棵枝叶茂盛的杧果树耸立眼前。一阵芳香扑鼻而来，苍翠欲滴的树叶掩盖着一簇簇、一串串的杧果。有的躲在树丛里，不肯出来；有的只露出一个头，好似一个羞答答的姑娘；有的光明正大露在外边，像在频频朝我招手。看着一个个小小的灯笼挂满枝头，心中不禁一阵欢喜。正当我掏出手机左拍右拍之时，忽然听到"咚"的一声，一颗青中带黄的大杧果从天而降。好别具一格的见面礼啊！我快步跑入草丛，弯腰拾起这突如其来的礼物，小心翼翼擦去表皮流出的汁液，像捡到了宝贝一样装进随身携带的小包。

　　打开房门，一股海边特有的热浪扑面而来。环顾四周，窗明几净，客房该有的设施一应俱全。推开洁白的落地纱窗，放眼望去，一棵枝丫遒劲的苦楝树高耸入云。斜对面的木棉树也不甘示弱，枝繁叶茂，直插云霄。近处的芭蕉树绿得耀眼，那宽大的叶子伸到了客房窗外的铁护栏上，如同一个巨人在弯腰作揖，向到来的旅客礼敬。

简单洗漱一番，用过晚餐后，夕阳已西下，余晖坠落在远处的苍茫暮色中。伴着晚霞的余晖，我信步朝着海滩的方向走去。

海景大道环绕着北海半岛东西蜿蜒，大道两旁绿树成荫，灯光璀璨，气势恢宏，煞是壮观。放眼远眺，远处的海与天紧紧地连在一起，分不清哪里是海哪里是天。快艇在海浪里风驰电掣，跌宕起伏，踏浪的人们欢歌笑语。浅水区人头攒动，三三两两的大人带着小孩在海里踏浪、嬉戏。一路上，紫荆花落了一地，像一层薄薄的地毯，粉艳艳的。我捡起一片，嗅了嗅，暗香在鼻腔里久久回荡。

不知不觉来到了灯光璀璨的北海银滩公园。象征北海地标性文化符号的音乐喷泉——"潮"屹立在公园的中央。"潮"以球体和七位裸体采珠少女为主体，少女形态各异，随着音乐的旋律节奏起舞于半空中，婀娜多姿，宛若仙女起舞。音乐声伴随着银滩潮水拍岸的海涛声融为一首美妙的天籁，迷煞游人。这座见证了北海繁荣与沧桑的雕塑，修葺后以崭新的姿态展现在世人面前，成为北部湾畔最亮丽的文化名片，也是疍家人生生不息世代传承的精神家园。

夜幕降临，人们三五成群不舍地离开了这留下欢歌笑语的地方，喧闹了一天的沙滩变得宁静起来。我卷起裤管，脱下鞋子，光脚走在柔软的沙滩上，哼着不成调的小曲，漫步海边。

极目远眺，大海深邃辽阔，神秘莫测。"哗——哗——哗——"海浪在脚下有节奏地发出轰鸣，一缕清新的气息裹挟着鲜甜的海腥味扑面而来，壅塞的心胸顿时感到极其畅快。生平第一次在这汪洋大海边独自夜行，一个神奇得无法用言语表达的谜在胸中跳跃起来。很久以前，已不记得是什么时候，便想要一个人光着脚在夜空下静静走在银滩上，仰望墨蓝色的苍穹繁星点点，聆听潮汐……此时，夜空下的银滩退却了白日的喧闹，在这一刻，它，真的在我的脚下了。

海风极轻极柔，海涛呢喃着轻柔的歌儿，我领略着如诗般的意境，如同躺在慈母温暖怀抱中的婴儿般，幸福地闭上了双眼。

过了许久，一阵"嗒嗒嗒"的声响将我从静谧中惊醒，略显墨黑的水面，一叶扁舟划过又翩然远去，犹如一叶幽冥船正往返摆渡人世的爱恨情殇……我忘情地闭上双眼，让那"嗒嗒嗒"的声音再次闯入心迹。"如果命运是一条孤独的河流，谁会是你灵魂的摆渡人？""当我们直面生存、死亡与爱，哪一个会是你最终的选择？""如果生命进入再次的轮回，你又愿意为此付出怎样的代价？"忽然记起《摆渡人》一书抛出的这几个问题。呵，船上那位摆渡人会不会和每一个灵魂对对话、拉拉家常，说说自己的人生感悟呢？毕竟他也是过来人，要给出这些问题的答案有何之难？可想想，又觉得甚是无趣，这个答案或许只有等某一天自己登上船后方能找到了。

　　海风徐徐拂面，涤荡着心中的躁动，抚平了心灵的跌宕，扫除了灵魂的阴霾，这是一种只有大海才能给予的治愈。不由感叹，在大自然面前，渺小如蚁，而人的一生，又是多么的无奈和苍白无力……环顾四周，不远处似乎有两三个人影，和我一样静静地在海风中茕茕孑立。这一夜，在这月光倾泻的苍穹之下，在这云水幽幽的北海之滨，又有多少人正光着脚陷在细沙里，听着静谧的风，在风中穿越流年里那些幽婉的心事，流淌过四季里那些醉美时光……

　　月亮慢慢地滑过中天，向海的深处走去，夜更深了。海轻轻地拉过一缕月光盖在身上，甜甜地进入了梦乡……

　　呵，这难忘的银滩之夜！

绮丽多姿的壮族文化

博物馆，是一座城市的客厅，是浓缩的历史，是穿越时空的风情图画，是历史学家、考古工作者费尽千辛万苦打造的一场文化盛宴……应该承认，作为一个广西人，虽然在邕城生活了几十年，但这样集中强烈地感受广西壮族文化，却是平生第一次。

走进广西民族博物馆的一刹那，如同走进了一个高贵而古朴的艺术圣殿，聆听着馆内讲解员的娓娓道来，我仿佛穿越于时空的隧道，品味那源远流长、绮丽多姿的壮族文化。

壮族是我国少数民族人口最多的一个民族，主要分布在广西境内。自古以来，壮族及其先民就在华南珠江流域生息繁衍。壮族先民勤劳勇敢，自强不息，富有智慧，他们根据珠江流域的自然地理环境和气候特点，把野生稻驯化为栽培稻，这是我国最早的稻作文化之一，因此，壮族也被称为"稻作民族"。

在壮侗语民族中，母亲为"那"，古壮人认为田地就像母亲一样养育着他们，因此将"田"称为"那"。由稻作文化衍生出的独具地方特色的"那文化"影响深远，几乎每个壮族人都有一种深厚的"那文化"情结。当我们打开亚洲地图时，会看到在珠江水系流经的地带分布着许多冠以"那"字的地名，其中又以桂西的左右江和邕江流域最为密集。在广西，包含"那"字的地名不胜枚举，仅隆安县就有17个。在隆安娅怀洞遗址中，出土了距今1.6万多年的完整人类头骨化石和距今2.8万年的疑似水稻植硅体。隆安地区大龙潭一带出土的大石铲，据推测为6000多年前壮族先民种植水稻的农耕工具。迄今，在隆安已发现20多种野生稻品种，农历四月初八农具节、六月初六祭稻神等与稻作相关的民俗传统仍在隆安民间流传，隆安也因此被称为"中国那文化之乡"。2015年10月，隆安壮族"那文化"稻作文化系入选中国第三批重要农业文化遗产。

壮族先民日出而作，日落而息，为祈求上苍保佑年年风调雨顺、岁岁五谷丰登，对青蛙顶礼膜拜，并把青蛙称为"蚂拐"。壮族传说中，蚂拐女神是雷神的女儿，掌管雨水，故有"蚂拐叫，雨水到"的说法。壮族民间很多东西都与青蛙息息相关，比如铜鼓上的蛙饰、壁画上的蛙形人、祭祀中的蛙舞等，甚至还专门设立了"蚂蜗节"。壮族蚂蜗节主要流行于广西西北部红水河流域的东兰县境内。每年阴历大年初一至二月初二，上万民众会聚集于红水河畔，敲锣打鼓，通过举行找蚂蜗、祭蚂蜗、孝蚂蜗和葬蚂蜗的隆重仪式，祈求四季人畜兴旺，五谷丰登。

此外，广西崇左宁明县左江花山岩画的面积达8000平方米，是迄今为止发现的最大单幅岩画。那些高山崖壁天然画板上的神秘人像大多双腿叉开，呈八字形屈膝半蹲状，曲肘上举，酷似青蛙在水中游泳的姿势，无疑也验证了壮族的崇蛙文化在骆越民族漫长的历史进程中深入人心。2016年，广西左江花山岩画申遗成功，成为我国第49项世界遗产。穿越数千年漫长的历史时空，花山岩画经受了风雨的冲刷和雷电的摇撼，至今仍以鲜明的色彩、绚丽的风姿屹立在左江两岸，成为世界文化遗产不可多得的瑰宝。

正当我沉浸在青蛙图腾的美好想象中，不知不觉已来到一面巨大的铜鼓跟前。这面铜鼓号称博物馆的"镇馆之宝"，吸引了不少游客驻足拍照留念。该铜鼓原存于北流六靖乡水埇（冲）庵，面径达165厘米，残重299千克，是迄今发现最大的一面铜鼓，被誉为世界"铜鼓王"。"铜鼓王"做工精美，鼓面中心有八道光芒的太阳纹；外围是五道晕圈，分别绘着大量的同心圆弦纹；晕圈内，有单线旋出的云纹和菱形套叠的雷纹；沿鼓面外圈，均匀分布着六只首尾衔接的立体蛙饰。游客们喜爱"铜鼓王"，还因为它本身富有的美好寓意。铜鼓声音洪亮，古代就用它传递信息、发号施令。同时，铜鼓作为权力和财富的象征，还是祭祀、赏赐、进贡的重器。随着社会的不断发展，自明清以来，铜鼓逐渐成为一般的娱乐工具、敲击乐器。人们总是在喜庆的日子里用它来敲奏，以伴歌舞，祈求保佑人人平安、粮食丰收。

绵延千古的铜鼓文化是壮族历史的活化石。在数千年的发展传承中，铜鼓见证了岁月变迁，也见证了壮族人民的日常。虽历经风雨沧桑，壮族铜鼓却不曾从壮族人民的生活中消逝。如今，铜鼓情结已深深融入壮族人民的生命和血液中，成为壮族先民留下的文化根基和精神家园。至今，铜鼓仍在民间广泛使用，特别是在一些重大活动中，铜鼓扮演着重要的角色。红水河流域的壮族人家，几乎每个村子都有铜鼓，逢年过节，家家户户都会打起铜鼓，庆祝欢乐的气氛。

博物馆里，最大的沉醉与迷失，在那一幅幅精美的壮锦前。

壮锦，与云锦、蜀锦、宋锦并称"中国四大名锦"。据传，壮锦起源于宋代，是广西民族文化的瑰宝。壮锦又称"僮锦""绒花被"。这种利用棉线或丝线编织而成的精美工艺品，图案生动，结构严谨，色彩斑斓，体现了壮族人民对美好生活的追求与向往。据《广西通志》载："壮锦，各州县出，壮人爱彩，凡衣裙巾被之属莫不取五色绒，杂以织布为花鸟状，远观颇工巧绚丽，近视而粗，壮人贵之。"过去，壮锦不仅是壮族人民日常生活中的惯用品和装饰品，编织壮锦更是壮族妇女不可或缺的"女红"。清末民初，壮锦日渐式微。在今日商品琳琅满目的现代社会里，壮锦已难觅踪影，偶尔只在街头巷尾的一些民族特色店里才遇见些许。十字绣、数字油画、墙绘等流行艺术更多地占据了百姓家居生活的一角，织锦技艺一度濒临失传的境地。庆幸的是，2010年，"壮族织锦技艺"被广西壮族自治区人民政府列入自治区级非物质文化遗产名录。为了加强对壮锦文化的传承、保护与开发，有关政府组织民营企业和非遗传承人积极开展对壮锦文化的传承发展，并对其进行吸收和再创新，以期找到一条与现代生活相适应的发展之路。

　　一个地区因文化而享有盛名，一座城市因文化而富有内涵。文化，是民族的灵魂，是人们得以繁衍生息、有别于其他文明的重要标志。愿色彩斑斓的丝线在壮族人民灵巧的双手中不断编织出美丽的图案，愿绚烂多姿的壮族文化绵延不衰、永放光彩。

丽水边城寻春去

　　黄昏，在前往中越界河——归春河畔老木棉紫园酒店的途中，房屋与田地朦胧地交织在一起，昆虫隐匿在黑黢黢的草丛中入睡。暮色被汽车的轰鸣遽然拉开，又随即严丝合缝地聚拢，不露任何破绽。

　　办好酒店入住手续，仰头望向夜空，已现出第一颗星。路过静谧的庭院，在柔和灯光的映照下，只见荷叶绽放，修竹摇曳，隐隐透着些许萧萧俊骨。此景致，不觉让人想起王维的那首《竹里馆》——"独坐幽篁里，弹琴复长啸。深林人不知，明月来相照"，恰似诗人正独坐在这清幽宁静、远离尘世的竹林深处……

　　放下行李，推窗向外望去，月光婆娑，树影绰绰，暗香扑鼻，直入心脾。环顾四周，室内摆设古色古香，衣柜、沙发、桌椅皆为老船木头制作而成，拙朴、简约又不乏温馨感。我拿出随身携带的茶具，取山泉水烧开，泡上一壶陈年普洱，倒入青花瓷杯。月光如水，清照大地，捧起来不及读完的书，斜靠着藤制的躺椅，在一盏茶香里浅斟细品。

桌上的电话响起，友人邀到户外喝茶赏月。为不辜负这良辰美景，我趿拉着柔软的绒布拖鞋，快步来到她的房间。其他人陆续到来，我们在靠近溪水的竹木地板露台上，沿着随意摆放的一圈竹椅坐定。三五好友，在如此静谧的一个夜晚，听着虫鸣，吹着徐徐清风，听着潺潺流水，品茶论道，畅谈人生得失，感悟生活不易……时间过得飞快。

夜已深，困意袭来，大家只好起身一一散去。上得床来，我很快枕着朦胧的月光酣然入眠。谁知半夜里，北风呼来，时而缓，时而急，时而低沉，时而高亢，敲得窗棂啪啪作响，似是一群战马奔驰而来，叫人紧张得不敢再深睡。晨起，走到阳台一看，几株高大、挺拔的木棉树下，整朵整朵嫣红的木棉花已散落在草丛里、石缝间、枝丫上……正应了宋代诗人刘克庄那句"几树半天红似染，居人云是木绵花"的意境。

简单梳洗一番后下楼，沿着园区里的小径漫步。远处山花烂漫，近处小鸟叽叽喳喳，在翠竹间欢快飞跃，旋即又飞走没入园外那无边的丛林间。白墙青瓦间，不时蹿出几条绿得晃眼的爬墙虎，其触角一直蔓延到屋檐下，巧妙地成了一扇独特的门帘。

那门帘在晨风中摇曳，煞是迷人，似乎在告诉人间"春的气息已近在眼前"。

春雨潇潇，万物滋润。竹林深处，几株尖尖的笋芽儿齐刷刷地破土而出，给静谧的山村增添了些许生机。又到了春笋尝鲜的最好时节，儿时的记忆顿时涌上心头。笋，是大自然赐予百姓的山珍。"清明竹笋出，谷雨笋出齐"，每逢清明过后，那些潜伏在土里的竹笋纷纷钻出地面，变成一道道亮丽的风景线。清晨，人们钻进竹林扳笋，回家后剥笋、煮笋。记得那时，母亲常在厨房灶台边，将白里透青的嫩竹笋就着绛红的腊肉，再加入几颗红辣椒，大火焖炒。当一盘热气腾腾的竹笋被端上餐桌，那一刻，满屋子飘散着竹笋浓浓的清香味，全家人的味蕾即刻全被打开，吃得欲罢不能。难怪画家吴昌硕在《竹笋图》里会写道："客中常有八珍尝，哪及山家野笋香。"

走出竹林，抬眼望去，天高云淡，四野茫茫。远处，高耸的猴山屹立于空旷的荒野中，轮廓清晰；近处，碧绿的归春河潺潺作响，日夜不停。水流平坦处的荒岛上，据说不久将会建起一个实景大舞台，在青山绿水间唱响中越友谊之歌，在繁星碧空下奏响和平发展之曲。

向东行走，极目远眺，荒草萋萋，一望无际。界碑旁一株粗壮、高大的木棉树迎风而立，气贯长虹。那一朵朵红如烈焰的木棉花犹如一簇簇燃烧的火炬跃上枝头，和蓝天白云相映成趣，构成了一幅美丽的画卷，装点着生机勃勃的春日美景，引来鸟儿在花间飞舞忙碌。纵有不少花朵被疾风吹落在地，那一树的木棉花依然不变英姿，傲然绽放，就像诗人舒婷笔下所抒写的那样——"我有我的红硕花朵，像沉重的叹息，又像英勇的火炬……"

原来，在萧瑟与孤寂之后，春日的味道就藏在我们身旁。

丽水边城，万物复苏的季节已悄然到来……

安溪茶香

　　中国茶文化博大精深，茶，是中国文化的一个代表性符号。古往今来，文人墨客不仅爱茶、赏茶、品茶，而且咏茶、歌茶、颂茶，为此创作了大量脍炙人口的诗词，以彰扬中国历史悠久的茶文化。唐宋八大家之欧阳修在《尝新茶呈圣俞》诗中曰："泉甘器洁天色好，坐中拣择客亦嘉"。一代茶圣陆羽于《茶经》言："茶者，南方之嘉木也，一尺二尺，乃至数十尺。"苏轼也云"何须魏帝一丸药，且尽卢仝七碗茶。"清代唐寅写道"春风修禊忆江南，洒榼茶炉共一担"……朝代更替，中国以茶代礼的风俗、礼仪、文化，一直延续至今，且发扬光大。

　　2019年，第74届联合国大会宣布设立"国际茶日"，以赞美茶对经济、社会和文化的价值。对于中国人来说，茶，是日常生活中不可或缺的一部分。茶，也是一种载体，承载着人们的思考、情感和生活。

　　人间四月万花绽开。2014年春天，我有幸来到素以铁观音而名闻天下的福建安溪，耳闻目睹了茶人采茶、制茶之精细，切身感受了茶都品茶意境之讲究。其中，令我深受震撼的还是茶乡茶人对茶文化的追求与传承。

　　安溪地处闽南金三角，山川秀丽，涌现了以一代名相李光地为代表的鸿儒名贤，留下了诸多人文遗迹和历史佳话。安溪产茶历史悠久，宋时通过"海上丝绸之路"将茶叶卖到东南亚、欧洲及美洲。茶，是安溪的支柱产业，也是名副其实的民生经济。

　　高山云雾出好茶。上天眷顾，给了安溪温暖、湿润的气候，优质肥沃的土壤和清澈甘甜的泉水，让这片神奇的土地顿时有了灵气，添了清香，多了禅意。弥漫在山坡荒野、房前屋后的是一垄垄、一簇簇望不到天际的绿色波涛，层层叠叠，煞是壮观。

　　安溪自古待客一杯茶。走在茶香四溢的安溪街头，大大小小的茶店、茶肆星罗棋布，蔚为壮观。任意走进一家，都会受到店主的热情相迎，将那镇店的上等好茶取出来招待每一位来访者，这是安溪人以茶待客的一种为人之道。而从古朴典雅的茶馆到清新浪漫的茶室，随处可见人们列席而坐，或悬壶高冲、坐而论茶，或拎瓯举杯、追香品韵……沁人心脾的不仅是茶的浓香，也是茶历史和茶文化的厚重漫长，绵延不绝。

坐落在兰溪之畔的中国茶都交易大厅每天人头攒动，喧闹声此起彼伏。登上二楼，墙壁上一幅"观音铁韵"的匾额高悬眼前。流连于古朴典雅的茶文化博物馆，品味古人煮茶之精致、斗茶之高雅，以及茶具制作之精美的文化内涵。文人墨客常常相邀品茗鉴水，赋诗作画，赏花观月，抚琴弈棋……虽然这些只是文字的记载、图片的展示，却让人时时如清风拂面，处处闻茶香甘甜。

煌煌大观的万壶馆，参观者鱼贯而入。据说，这里摆放的茶壶有3万多个，形态各异，时代、颜色有别，质地不同，古意多样，有汉晋风骨的，有隋唐繁华的，有宋元开阔的，有明清典范的……一把把大如鼎、小似掌的茶壶济济一堂。在2007年第六届世界安溪乡亲联谊大会上，著名东南亚侨领、社会活动家唐裕先生将毕生所藏的茶壶都捐赠给了家乡安溪。唐裕，祖籍安溪县蓬莱镇，是印度尼西亚、新加坡等地著名实业家。他以个人影响力为促进中国与新加坡的友谊、中国与印度尼西亚邦交的恢复做出了卓越贡献，被誉为"民间大使"。将毕生收藏的3万多个茶壶捐赠出去，唐裕老先生一点儿也不觉得可惜。在他看来，将茶壶赠予家乡，在茶都设立万壶馆，不仅能为安溪茶文化增色，更能吸引更多的客流走进安溪，他说："人来了，餐馆、酒店就有生意了，可以带动很多产业的发展……"

水可品，茶可品，人更可品。天地万物，道生之，德畜之，生生不息，能人品者亦自可观，故有书品、画品、琴品、箫品、山品、水品、兰品、茶品等。众多品物之中，我推茶品第一。都说常品茶、善品茶者能在杯水之中品出天、地、人融通一体的境界。作为茶乡的一名茶子，想必唐裕老先生是深谙品茶之道的。从习悟茶之美妙，到升华品茗内涵，再到秉持茶道精神服务社会，处处可见其从茶道研修所得的真知。

千百年来，安溪以茶为媒，持续沟通中西。在今天，茶客想要寻味"茶中香水"安溪茶，不光可以依靠嗅觉，还可以从书卷里闻到，从飘扬的乐声里听见，在光影流动的影视作品中得以真实感受与体验。愿安溪茶文化的这番新兴气象经久不衰，且日益强盛，形成中华传统文化中的一朵奇葩，不负观音美名，续写千年芳华。

书香福州

从空中俯瞰榕城福州，山在城中，城在山中，清清的闽江宛若碧绿的丝带穿城而过。暮春时节，行走于福州的大街小巷，随处可见枝繁叶茂、根系发达的榕树、挺拔伟岸的木棉树，还有那红得让人目眩的三角梅。各种摇曳多姿的花草树木在春天的旋律里恣意生长。青青的石板路古韵悠长，深深的庭院里书声盈耳。粉墙黛瓦、古色古香的"三坊七巷"久被书香泽被，道德浸润，管音萦绕。

曾几何时，佳人美眷绮丽而过，达官鸿儒谈笑往来。林则徐、严复、林觉民、林旭、林纾、沈葆桢……许多名垂青史的福州名人都出自"三坊七巷"。蕴含着厚重的历史人文气息，集中展示了闽都文化博大精深、厚重底蕴的"三坊七巷"，被誉为"明清古建筑博物馆""中国城市里坊制度的活化石"。作为久远历史的辉煌载体，"三坊七巷"让世人领略了福州的精神气质和城市品位，读懂了福州人刻骨铭心的心灵家园情结，以及对传统文化的传承、坚持与执着。

古人云："自古圣贤豪杰，皆山川磅礴之气孕毓而生，惟地灵，斯人杰也。"福州山川秀美，英才辈出。南宋学者吕祖谦的一首诗生动地描绘了当时福州文化的昌盛——"路逢十客九衿青，半是同窗旧弟兄，最忆市桥灯火静，巷南巷北读书声"。隋朝至清朝末期，全国五百多个文科状元，其中有五十人是福建籍，福州府就占了二十二个。宋、明、清三个朝代，福州籍进士达三千六百多人，其中状元七人，位居全国各州府前列，文脉的厚重与相承可见一斑。

走进古朴、宁静的林则徐纪念馆，一棵盘根错节、虬枝苍劲的大榕树耸立眼前，三块气势恢宏的御制石碑翔实记录了这位学而优则仕的晚清英才在中华民族危难时挺起脊梁勇敢禁烟的丰功伟绩。林则徐的一生完美地诠释了"富贵不能淫，贫贱不能移，威武不能屈"的高尚人格精神。他毕生穷尽"壁立千仞，无欲则刚"的道德准则，是"中国近代史上开眼看世界的第一人"。他为官刚正清廉，恪尽职守，是后世为官为民的楷模，其精神永照华夏，庇荫后世。

鸦片战争中，西方列强的坚船利炮使清政府的羸弱暴露无遗，于是，传播西学、师夷长技成为朝野共识。身为福州贤哲的严复审时度势，按照"信、达、雅"的标准翻译了英国生物学家赫胥黎的《天演论》，并于1897年在《国闻汇编》进行刊发。维新派领袖康有为见此译稿后，大加赞赏，称严复为"中国西学第一者也"。

民国时期，冰心、林徽因、庐隐并称"福州三大才女"。她们从小接受世代家学的熏陶，饱读诗书，学贯中西，才情四溢，可谓腹有诗书气自华。冰心7岁便读过《三国演义》和《水浒传》等，为后来的文学创作打下了坚实的文字基础。她一生倾情歌颂大自然、母爱、祖国，享年99岁，以"中国文坛祖母"的身份与声誉被人们叹为益寿齐彭。林徽因比冰心小4岁，早年游学欧洲，精通文理，才情横溢，为中国的建筑事业倾尽心力，做出了卓越贡献。她写下许多感人至深、曼妙飘逸的诗句，代表作有《你是人间的四月天》《莲灯》等。无奈命运不济，天不假年，林徽因51岁便驾鹤西去，给世人留下了一串长长的悲叹。庐隐，中国现代文学史上流星般一闪而过的作家，因难产而早早离世，年仅36岁。她的作品始终洋溢着一股悲伤的情调，这和她坎坷的人生际遇不无关系。

正是闽都文化的熏陶，孕育出了钟天地之灵秀的旷世才女，为福州女性在中国妇女史上写下了不朽的光辉篇章。

　　经过千年历史文化的传承、悠久岁月厚重的积淀，福州的当代教育毫不逊色，更胜一筹，福州也已是全国院士最多的城市之一。

　　古风犹存、民风淳朴的福州城，引无数路人驻足欣赏，流连忘返，让人不由心生敬意。

行走大西北

"大漠孤烟直，长河落日圆……"唐代诗人王维在《使至塞上》中对西北风光的描写让我对大西北的孤傲和辽阔心生向往。为避免走马观花式的游走，多年前的一个夏天，我跟朋友莉莉提议以自助游的方式行走一趟大西北，没想到莉莉爽快地答应了。

当飞机盘旋在一半是黄土一半是绿水青山的咸阳上空时，看着窗外云雾中的重重青峦，我不禁思绪飞扬。当年帝都的风采可否还在？"五步一楼，十步一阁；廊腰缦回，檐牙高啄"的阿房宫曾是何等的宏伟壮观，遮日蔽天，可终究逃不过"楚人一炬，可怜焦土"的历史悲剧……

是啊，西安古城历经了多少的风云变幻，承载了多少的悠悠历史。从吕雉的"人彘"酷刑、李世民的"玄武门之变"、武则天的"酷吏政策"，到唐明皇与杨贵妃的凄美爱情、骊山兵谏亭的枪声……
这座十三朝古都自此蒙上了神秘的色彩。

行走在汉唐遗韵尚存的西安街头，触摸的是秦
砖汉瓦的物化历史；品鉴工匠文人的碑刻墨宝，感
受千年古城的风华岁月；观赏奢华的霓虹衣裳，回
望大唐盛世宫墙内的红颜孤寂；仰望大雁塔里静坐
的鎏金佛像，领悟漫漫禅修之路；碰触六百多年前
的明城墙，倾听历史的沉浮与兴衰；登临钟鼓楼远
眺，在历史与现实的穿越中思考人生的真谛……

美人养眼，美景养心，美食养胃。在饱览西安
丰厚的历史人文景观的同时，我也给予了味蕾充足
的滋养。羊肉泡馍、臊子面、牛肉面、锅盔、凉皮
轮番上阵，唇齿留香，真是过足了嘴瘾。

一路向西，风和日丽，傍晚抵达兰州。这是一
座因一本杂志、一条河、一碗面而享誉中外的城市，
滔滔黄河穿城而过，群山环抱，车水马龙。从湿热
的海滨蓦然来到这干燥之地，一开始人还有些不适
应，但很快，我就喜欢上了兰州的空旷和苍凉。

人们说到了兰州，一定要"打卡"黄河最古老
的摆渡工具羊皮筏子。我和莉莉就体验了一把乘着
羊皮筏子在黄河上漂流，投入母亲河怀抱的零距离
亲近。羊皮筏子体积小而轻，吃水浅，置身水中随
波逐流。筏子客们吼着西北的豪放嗓音，在滔滔的
黄河水中"扬帆起航"。坐在皮筏上飘摇，古老的

水车"吱吱"运转，水中有景，景中有情，正如古人魏修所吟咏的："前村隐约皆入画，缓棹回舟兴未穷。"

当代著名散文家余秋雨先生在《千年一叹》中写到自己在兰州创作时，最喜欢做的一件事便是在写完文章之后到楼下的一家餐馆吃上一碗牛肉拉面，那吃的可真是人间美味啊。兰州拉面飘香是出了名的。随便走进街头巷尾的任何一家面馆，刚出锅的拉面香瞬间扑鼻而来。才坐下，好客的店主便热情地端来热气腾腾的大碗面，还不忘推介当地的手抓羊肉、酿皮子和热冬果。热乎乎的一碗面下肚，人顿时身心通泰、疲惫全消。

沿着古丝绸之路的方向，继续向西。越过唐代诗人王之涣在《凉州词》里吟咏过"羌笛何须怨杨柳，春风不度玉门关"的武威、张掖、酒泉，来到向往已久的敦煌。在一片茫茫的沙洲，邂逅那一泓有着"沙漠第一泉"之誉的月牙泉，着实让生在南方、长在南方、见惯了红花绿叶夺人眼球的我欣喜若狂。"晴空万里蔚蓝天，美绝人寰月牙泉。银山四面沙环抱，一池清水绿漪涟"，月牙泉静静地躺在山峦下，水中倒立着沙峰丘堑，映衬着天高云淡。这里，胡杨木因滴水的滋润而有了如此美丽的绽放。泉边的芦苇、七星草恣意生长，昂扬天空。泉水千百年来不为流沙所淹没，不因干旱而枯竭，堪称奇迹。

　　游到尽兴之处，脑海里不禁浮现20世纪40年代一代宗师张大千在敦煌临摹壁画的情景。那时，漫漫戈壁，亘古荒原，工作之余，张大千居然能在莫高窟四周的野草里找到新鲜的蘑菇，并精心将其制作成美味可口的三鲜蘑菇汤，要不是童心所驱，实在难以做到。离开敦煌时，他还特意绘制了一幅野生蘑菇生长地点的"秘密地图"，作为礼物赠予当地的朋友，从而成就了一段文苑佳话。

　　走进莫高窟窟区，映入眼帘的是一座威严高耸的红色楼阁。楼阁依山而建，气势雄伟，在石窟群中显得格外耀眼，这便是莫高窟的标志性建筑——九层楼。仰望盘腿而坐的泥胎弥勒造像，欣赏壁画中飞天伎乐的翩翩舞姿，参观藏经洞里被西方列强"文明使者"劫后仅存的少量经书、绢画、刺绣，我脑海里萦绕的是懦弱、腐败、无能的清政府对珍贵文物的漠视，以及当年负责看守的道士王圆箓在贫困中的彷徨、无奈，进而贱卖国宝的景象。种种惨痛的历史如今已不堪回首，好在，随着20世纪初叶敦煌藏经洞的发现，一门跨国界并且以敦煌遗书、敦煌石窟艺术、敦煌学理论、敦煌史地为研究对象的新学科——敦煌学在世界上兴起，部分国宝几经周折又回到中国，古老的文明又在华夏大地绽放光彩。

　　回到酒店，莉莉拿出随身携带的地图，计划下一站要去的目的地。我的脑海忽然浮现道家始祖老子告别函谷关西去的背影。杜甫在《秋兴》里写道："西望瑶池降王母，东来紫气满函关……"何不到那里沾点道家的福气，感受羽化成仙的境界？

　　向东又折向西，拉着行李箱走走停停，终于到达神往已久的函谷关。

　　只见关道两侧绝壁陡起，峰岩林立，空谷幽深，人行其中，深险如函，故名"函谷关"。相传，函谷关关令尹喜为迎候老子到此，行以师礼，恳求老子为其著书，老子便在此写下道家学派开山之作《道德经》。如今，关口前的石碑还记载着老子骑青牛过函谷关的故事。千百年来，这里已成为海内外道家、道教信众朝拜的圣地。

　　脚步匆匆，风尘仆仆，心愿已了，终于要跟大西北说再见了。

　　感谢这片神奇的土地，它让我看到了祖国的另一种风貌；感谢祖辈生活在这片土地上的人们，是他们的辛勤劳作、艰苦创业，抹去这片土地的荒凉，把它建设成祖国的粮仓。他们奉献了自己，丰富了西北的景色，我想，这，才是大西北最美丽的风景吧。

世相百态

每个人

都在自己的人生路上随风沉浮

也看着

别人

如风一般

生旦净末丑轮番上演的世相

抗　命

　　男人和女人生活在同一屋檐下，抬头不见低头见。女人要强，不肯轻易打破僵局；男人好面子，不愿放下架子主动求和，两人就这样持续冷战着，狭小的屋子里弥漫着浓浓的火药味。

　　两年前，夫妻俩唯一的儿子在郊外的水库溺水身亡，从此悲伤和愁绪便长驻男人和女人的心头。他们常为一些鸡毛蒜皮的琐事怄气、吵架，之后便是冷战、分床。男人已步入中年，女人也不再年轻，刚失去儿子的那一阵，女人每天以泪洗面，想念儿子的懂事、孝顺，恨不得替儿子去天堂换命。失去儿子，男人也非常难过，三代单传到了他这一代，一下没了香火，何以在家族里立足？何以向祖宗交代？此后，呼朋唤友，借酒消愁……销蚀了男人的意志。男人每天就像霜打的茄子——蔫了。

　　纵有天大的悲情、难言的愁苦，日子还得过下去。女人在街道居委会工作，一年到头都有忙不完的大事小事、烦事琐事，每天回到家，身子骨似散了架的柴堆，有气无力。看到冷锅冷灶的毫无生气，女人就想起儿子在世时的种种：每天放学回到家，儿子放下书包就跑到厨房忙碌，淘米洗菜，一切安排就绪后到一旁安静地写作业，等待爸妈下班回家。

女人叹了口气，表情凝重。她慢慢挽起袖子，系上碎花围裙，弯下有些僵硬、酸痛的腰，身子斜靠在洗碗池边淘米、洗菜。想着想着，她的泪水又顺着两颊直往下流。

饭菜做好了，男人还没回来，女人已习惯了这样的孤独。她搬了一张椅子坐在餐桌旁，默默地吃着并不可口甚至有些难以下咽的饭菜。

夜深了，男人带着一身浓浓的酒气回来。脱下有皱褶的皮鞋，踉踉跄跄地走向卧室。还未脱去外套，就一头倒在床上。女人在斜对面的小房间静静躺着，听着男人发出厚重的鼾声，思绪万千，久久未能入眠。

借着柔和的灯光，女人拿起手机"刷屏"。高中同学不久前建了个微信群，正聊得热火朝天，调侃的、揶揄的、吹捧的……女人一下没了兴致，想尽快退出，突然一个熟悉的名字吸引了她的目光。那不是大乔吗？女人发现对方请求添加自己为好友，一时间有点不知所措，毕竟两人十多年没见面了，也不知道他现在过得如何。

犹豫之际，手机响了，女人调小音量，将手机贴近耳朵小心翼翼地接听。对方自报家门，女人有些紧张，待对方一口气说完想说的一切，她坦然了许多，心跳也恢复了正常。女人心想，大乔还是那么的细心周到、大方高调。

女人以前并不知道大乔在高中时一直暗恋自己，直到不久前参加一次同学聚会，才听班里的同学爆料说当年大乔为追求她花了不少心思。但当初自己年少懵懂，女人只清楚地记得大乔有个双胞胎弟弟，两人长得非常像，又同在一个班级读书，以致经常被同学们认错，闹了不少笑话。

曾经，女人也在自己的课本里翻到过一两张写满情话的纸条，当时她只当是同学之间的恶作剧，压根儿没放在心上。一晃，高中三年过去了，同学们上大学的上大学、经商的经商、出国的出国，各奔东西，彼此就再也没有什么联系了。

后来，女人考上了外地的一所普通大学，大学毕业后就在一家市属企业干些文秘工作。在那里，她结识了总经理助理，也就是现在跟自己住在同一个屋檐下的这个男人。两人结婚不久便有了爱情的结晶，生了一个大胖儿子，过着和大多数城里人一样的生活——早出晚归，接送孩子，一日三餐，照顾双方的父母。

女人不愿随波逐流地度过一生。工作之余，她读书，不时邀约三五好友一起喝茶、闲聊，希望日子过得不至于太平庸，增添些书香味，远离喧嚣和铜臭。

后来两人所在的公司不景气，家庭收入锐减，经济宽裕的日子一去不复返。女人下岗了，托人在街道居委会找了份临时工，姑且能养活自己。男人仍在原来的公司上班，领着不高不低的薪水。一家老少日子过得并不轻松，女人先前的爱好、情趣也烟消云散。

男人好酒，每喝必醉，女人便成为他醉酒后被暴打的对象。幼小的儿子替母亲挡了不少拳打脚踢，身上经常青一块紫一块的。暑假去外地看望外婆，外婆见了她这样子忍不住落泪，跳着说要找那个孬种女婿算账。女人心软，为了让幼小的儿子有一个完整的家，她默默忍受着这一切，哀求母亲原谅男人的不是。

女人的柔弱和忍让，换来的是男人的变本加厉。目睹母亲时常被父亲尊严尽失地凌辱、打骂，儿子无法接受，留下一纸遗言，用溺水的方式结束了才14岁的生命。

女人彻底崩溃，哭得死去活来，一度想了却生命随儿子而去，因为年迈的母亲苦苦相劝，之后大病一场，暂且苟活了下来。

　　失去唯一的儿子，男人才醒悟过来，号啕大哭之后，收敛了很多，不再打骂女人，但依旧嗜酒如命，常常深夜才醉醺醺地回家，之后便呼呼大睡。

　　放下电话后，女人心里并不平静。大乔高中毕业后未能考上大学，带着他那双胞胎弟弟南下打拼，如今已是身家过亿的商界传奇人物，是家乡的骄傲。县里领导多次登门拜访，希望他回乡投资建厂，造福桑梓。大乔不以为然。故乡，是他永远的伤和痛。当年，县里的拆迁指挥部趁他们一家人不在时，强行将一辆推土机轰隆隆地开进来，本已破旧的房子顷刻间倒塌了一半。父亲恰好这时回家，立即冲进去与他们理论，却被一根坠落的横梁砸中，当场失去了生命。想起过往，大乔就怒火中烧，恨不得拿刀杀了那帮丧尽天良的家伙。如今他事业有成，身价不菲，该扬眉吐气了，哪能抛开昔日恩怨，轻易回老家帮"仇人"。他把母亲及兄弟姐妹都接过来，在自己打拼的城市安家，彻底断了与故乡的联系。

　　一个偶然的机会，大乔听同学说起自己曾经暗恋的女人在江城过得不好，心里很不是滋味。他当即在江城设立了一家分公司，隔三岔五来察看公司的经营状况，顺便看有没有机会看望昔日暗恋的那个女人。大乔打了几次电话，女人都以各种理由婉拒跟他相见。可他并不灰心，相信总有一天她会同意见面。

大乔知道，女人虽然日子过得艰难，但心气高，爱面子，不会轻易去求人，于是就变着法子给女人一点帮助。生日给她发微信红包、托她买点什么东西……但凡能用的方式都用遍了，只是24小时后，所有转出去的钱又被如数退了回来。

看着眼前的一切，大乔不知如何是好。他只身一人悄悄回到老家，找到女人的母亲，苦口婆心劝说老人说服女人，离开那个充满苦难、缺乏温情的家。临走时，他还特地给老人留下一张100万元的银行卡，告诉老人卡的密码就是女人的生日。

半年过去，女人和男人依旧住在原来的两居室。她的身体每况愈下，脸色蜡黄，白发骤增。男人成天只顾自己，从不正眼看女人，也不关心她的日常生活、健康状况。母亲思念女儿，怀里揣着大乔留下的那张银行卡，带上些家乡土特产，坐长途班车来江城看望女儿。一番舟车劳顿，傍晚时分来到小区，发现女儿家的大门紧锁。老人就到小区花园里，坐在水泥凳上等候。

女人从附近的医院开了些普通的药，身心疲惫地经过小区花园，恰好看到母亲，赶紧三步并作两步跑了上去。女人嗔怪母亲为何不事先打电话，让她去车站接一下。母亲说怕影响她上班，于是没有提前告知就来了。见了孩子那张消瘦、蜡黄的脸，母亲禁不住流下泪来，责怪女人怎么不好好爱惜自己……

女人帮母亲提行李，母女俩并肩往家的方向走去。

进屋脱鞋坐定后，母亲唠叨："家里怎么这么冷清，小宇的爸爸干什么去了？这么晚也不见个人影！"女人叹口气，哀怨道："妈，我就这个命，享不了男人的福！"母亲继续唠叨："都什么时候了，你还守着这个没有一点人情味的家做什么！"女人一边听着母亲的喋喋不休，一边淘米、洗菜，一心想着让远道而来的母亲能尽快吃上口热饭。

入夜，母女俩挤在一张床上唠家常。男人回来发现门口摆放的一双老式花布鞋，知道是丈母娘来了。他一个激灵振作起来，伸手理了理凌乱的头发，清了清嗓子，径直走到斜对面的客房叫了声："妈，您来了！"母亲"哦"了一声，没做其他回应，继续和女儿唠家常。

男人随后走向阳台。很快，阳台传来一阵阵沉闷的鼓声。女人心里难过得想哭。寂静的夜里，那重重的鼓声就像一块大石头砸在她心底，令人憋屈难受。

母亲渐渐也变得烦躁起来，大声责问："他什么时候学起了这个？深更半夜的，也不怕吵到别人？"

女人叹了口气，双手捂着胸口："他向来我行我素，从不顾及别人的感受，谁能制止他呢？"说完，泪水禁不住盈满眼眶。

母亲披上外套，快步走向阳台，厉声喝道："深更半夜的，在阳台敲锣打鼓，还让不让人睡觉？你就不能消停消停吗？！"

男人眼皮都不抬一下，继续摇头晃脑地敲打。老人跺了跺脚，返身把阳台的门重重关上，又回到客房，坐在床上。母女俩相视无言。

次日一大早，母亲整理好简单的行李，准备返程。临走前，她从贴身的口袋里掏出那张大乔给的银行卡塞给女人，并把卡的来龙去脉告诉女人。当听到卡的密码就是自己的生日时，女人一时不知如何是好，大乔的形象在脑海飞扬起来，她的心里掠过一丝暖意。

女人把卡放进抽屉，换好鞋子，陪母亲一同出门。母亲一路叮咛："要照顾好自己！来日方长，跟你那个恶男人离婚，同大乔过吧，他是个重情重义的好人……"

到了车站，女人拉着母亲的手依依不舍。目送大巴绝尘远去，隐入朝晖，女人的眼泪夺眶而出。孤独地走在回家的路上，女人有些迷茫，自己固执地守着名存实亡的一个家，守着心思早已不在自己身上的男人，到底还有什么意义？与此同时，另一个声音在耳畔回荡：他可是给了你第二次生命啊！是的，当年难产大出血，医生询问男人是保大人还是小孩时，男人果断地回答保大人，并撸起袖子，将自己的鲜血输到了女人的体内……上帝垂怜，好在女人和儿子最终都获救了。

春天一到，南方恼人的梅雨天气又来了。这天早晨，女人发现家里的墙角长出了一片片黄色的茸毛，一株细长的蘑菇非常刺眼地立在过道边。女人快步去阳台拿了个小铁铲，弯腰蹲下，将蘑菇连根铲除。女人思忖：以往回南天，家里一样潮湿，也不至于长出这么长的一根蘑菇呀……她四处查看，认为一定是家里某个地方的水管漏水或墙面渗水，导致墙角的木头腐朽，才长出这样罕见的东西来。

女人打开橱柜的门，里面布满黑斑，一股霉味扑鼻而来。她拧亮手电，仔细察看，果然发现水管的接口处有滴水的痕迹。女人卷起毛衣袖子，从抽屉里找出一卷白色的生料带，将水管接口处的缝隙牢牢绑住，这才完事。站起来，女人的额头已渗出细细的汗珠。一阵眩晕，女人扶着墙站立一会儿，才颤巍巍地走向客厅，在早已变得斑驳的木质沙发上坐下。由于刚才太用力，女人手上留下了一道深红的血痕，她顾不上清理伤痕，拿起挎包就出门了。比起心里的痛，这点皮肉之苦算不了什么。

男人还在沉睡，房间里弥漫着浓浓的酒气。习惯晚起的男人吃完女人做的早餐，就到离家不远的公司上班。

来到街道办，和同事打过招呼，女人坐到自己的椅子上。对面的大姐见女人脸色苍白，无精打采，嘱咐她去医院看看。女人一边笑着点点头，一边整理桌上的文件，右胸口不时袭来阵阵灼痛。

临近下班，女人请假去了趟附近的医院。当班女医生在她的病历本上写了几行潦草的字，让她赶快去拍个片子。女人应声去了拍片室。

两天后，女人去医院取检查结果。先前的那位女医生拿着单子一看，先是一惊，随后以责备的口吻连珠炮似的说了一连串："为什么不早点来检查？癌细胞已转移了！""命是自己的，一定要珍惜，否则谁也帮不了你"……女医生像是对女人说，又像是对自己说。

走出诊室，攥着那张单子，女人的脚底像灌了铅似的，脑子一片空白。在大厅的候诊室坐下，手机响了，女人不想接听。过了一会儿，手机铃声再次响起，女人抬眼看了一下屏幕，是大乔打来的。迟疑片刻，女人还是没有接。又过了半刻，大乔的微信信息随之而来。女人点开信息："小芸，怎么老不接电话？我有要紧事同你商量。"女人起身走到医院大厅一角的偏僻处，给大乔回电话，大乔说："我在绿荫广场的咖啡屋等你。"

女人挂了电话，犹豫着要不要去赴约，要不要把实情告诉大乔……挣扎了好一会儿，女人决定还是见大乔一面。

她在路边挥手拦了一辆红色出租车，直奔见面地点。到了咖啡屋门口，心里像怀揣着一只小鹿似的"突突"跳起来。她深呼吸，以平复心跳。推开咖啡屋的门，女人环顾四周，一眼便瞥见早已在一角坐着的大乔。听到动静，大乔的眼光也向大门的方向投来。四目相对的刹那，大乔赶紧起身相迎。

在大乔的对面坐下，女人有些不自在。大乔倒是大大方方的，怜爱地看着女人苍白、消瘦的脸。他接过服务员端来的一杯橙汁放在女人面前，女人确实口渴，低头啜饮一口，目光便看向窗外的绿树。

十余年未见，大乔竹筒倒豆子般把自己的创业经历一股脑儿抖搂出来。女人心不在焉，但还是强打精神听大乔滔滔不绝地说了又说。末了，大乔握住女人冰凉的手，从上衣口袋拿出早已准备好的一枚戒指，想要套在女人的无名指上。

女人连忙抽回手，大乔拉住不放："我这次回去就和妻子把离婚手续给办了……"女人一听，愣了半天，才低头嗫嚅道："我们之间的差距太大，不合适，改天我把那张卡还给你……"

女人以急着回单位上班为由告别了大乔。目送女人匆匆离开的背影，大乔木然地坐在椅子上，浑身没有一点儿力气。

几天后，女人主动约大乔在自己小区附近的一个公园见面。大乔喜出望外，早早来到见面地点。女人换上自己最喜欢的一件衣裳，挎着几年前想买又舍不得买的时尚手提包，化了淡妆，步履轻盈地走过来。大乔远远地见了她，高兴极了，心想，女人终于想通了，自己很快便可以和她共度美好的日子了……

两人在石凳上坐下，女人从包里掏出那张银行卡塞回到大乔的手里，轻声道："我用不着了，还是退回给你吧，钱都在。"大乔一头雾水，不知女人的话是什么意思。女人淡然地解释："医生说我只剩下三个月的时间了，今天和你见最后一面，就此告别吧！"大乔听到女人这话，一时愕然，他不依，也不信。女人平静地从包里找出医院的化验单子递给大乔，他仔细地一字一句地读着上面密密麻麻的字，顿感两眼一黑，当再回过神来，女人已经走远了。

第二天，大乔在市里找了最好的医院，订了床位，请了最昂贵的护工……当一切准备妥当后，他亲自开车，想要把女人接到医院好好进行治疗。

经多方打听，费了好大的工夫，大乔才找到女人的家。敲了许久的门，没人应答。大乔礼貌地敲开对面人家的门，好心的邻居告诉他，女人前天一个人提着行李走了，谁也不知道去了哪里，就连她的丈夫也不知道她的行踪。

楼道里寂静无声，不大一会儿，不知从哪里传来"啪嗒"一声，声音很轻，但很清晰……大乔小心地走下楼梯，拧开门锁，出去，转身又把门掩住。

他落寞的身影在路边越拉越长，越拉越长……

厕所男孩

　　入夏的傍晚，凉风习习。路过小区外的一条绿荫小道，见先前掩映在榕树下一座白色外墙的公厕倒在了一片瓦砾中。几个戴着安全头盔的工人正在一旁挥锄翻地，待建新的公厕。尘土四处飞扬，空气中不时飘过阵阵余臭，路过的行人皆掩鼻而过。

　　旁边的一块水泥地上，锅碗瓢盆凌乱地摆放着，一个四五岁皮肤黝黑的小男孩正光着屁股站在塑料澡盆里。一旁的母亲弯腰抓着小男孩的手，从红色的塑料桶里舀起一瓢冷水，朝他的头顶、肩部慢慢往下淋。天真无邪的小男孩享受着沐浴的欢快，"咯咯"地笑出声来。他胖嘟嘟的脸露出灿烂的笑容，无不令路人心生爱怜。

　　两年前，小男孩就出生在这公厕旁一间临时搭建的钢板房里，后来他的母亲在厕所旁边的空地上支起一张木板桌，就着大树荫乘凉。她时常背着幼小的娃，摆卖一些矿泉水和饮料。孩子的父亲约莫四十岁，平头短发，皮肤黝黑，身板壮实。他每天身穿一身橘红色外套，负责清扫那间公厕，每次洗刷干净后，还不忘在厕所窗台点上一盘驱蚊香。泥地里、草丛中、小径上，小男孩蹒跚学步的样子，总让不少路人驻足围观。一些好心人还常常送他各种好看的小玩具。

穿制服的城管不知来了多少次，他们跳下执法的皮卡车左看右看，指指点点。有一天，公厕忽然没了踪影。小男孩的父亲正低着头，眉头紧锁，在整理屋外那一堆摆放凌乱的家什。孩子的母亲则麻利地将换洗的衣物收拾进一个大编织袋，忧愁同样写在她瘦黑的脸上。她对着男人不停地叹气，问："我们这回真的要换地方了？"男人不答话，仍低头忙着手里的活，时而抬头看看天，时而弯腰拿着扫帚打扫落下的几片枯叶。

擦掉脸上的污垢，换上干净的衣服，小男孩看上去清爽多了。不知道谁送给他一支泡泡管，小男孩憨憨地笑着拧开瓶盖，正开心地吹着。五光十色的泡泡漫天飞舞，小男孩跌跌撞撞地追赶着空中的泡泡，一个趔趄，差点摔倒在地。眼疾手快的母亲一把抓住他的衣领，嘴里嘟囔几句乡间俚语，小男孩即刻安分了许多。可不多一会儿，小男孩又按捺不住，被一只飞来的蝴蝶吸引，他张开双手想要去抓那只翩翩起舞的蝴蝶，倏地又跑远了……

夜幕渐渐暗下来，原先在公厕旁临时搭建的那间钢板房里，灯光昏暗。房子内横放着一张极其简易的木板床，床上堆满了各种杂物。小男孩正坐在床上，神情专注地拨弄着玩具。屋外，城市灯火辉煌，车灯如流，喧闹不止。

一晃几年过去，如今，小区门外路边的榕树长得越发粗壮、茂盛。那间掩映在绿树丛中的公厕经过多次修葺，越发变得美观、敞亮，方便了不少市民游客。岁月更替，草木依旧，清扫公厕的工人换了一茬又一茬，当年那个光着屁股洗澡的小男孩早已不见踪影。也许，他已随父母去了更远的地方，抑或回到家乡的小山村上学了……每次路过那间公厕，我都会想起小男孩那张纯真无邪的笑脸，还有他在这条绿荫小道上快乐奔跑的小身影。

但愿小男孩和城里的小朋友一样，从此能过上衣食无忧的安稳生活，拥有一个美好快乐的童年。希望他长大后能自食其力，为年迈的父母撑起一方清朗的天，让操劳一生的父母安享幸福的晚年，同时也能成为一个对国家、对社会有用的人。

提前退休为哪般

　　叶紫是一家演艺集团公司的副总，两年前主动申请提前退休。当办理完退休手续那一刻，她抬头眯眼看了看窗外蔚蓝色的天，便头也不回地离开了那间伏案疾书了多年的办公室。前脚才迈出公司大楼，后脚顺手就把手机关了，叶紫开心一笑，身心感到的是前所未有的轻松，连步履都变得轻盈了起来。

　　如今的叶紫，虽接近花甲之年，但眼不花、心不乱，小日子过得既逍遥又自在。她常年在自己定居的城市和母亲养老的城市之间动车往返穿梭，既可以时不时照顾年岁已高的母亲，闲暇之余，又可以跟随女儿、女婿和小外孙一起到野外郊游、踏青，寄情山水田园，遥望星辰大海，看云卷云舒，听潮起潮落，享受后半生的快意酣畅与生命的恣意飞扬。偶尔，在参加老同学、老朋友的聚会时，谈起自己提前退休后多姿多彩、自由自在的生活，叶紫眉宇间透着一股祥和之气，露出一脸知足的笑。她的神情变得淡雅、柔和了许多，一改之前脚跟不着地、风风火火、不苟言笑的职业女性特点。

汪玲是叶紫的好友，早年踏进县文工团的大门，在喧天的锣鼓声中摸爬滚打十几年，练就了一副金嗓子和好身板。不久，汪玲转入省直某部门工作，干些抄抄写写的文案活儿，业务能力没有多大的长进。相比其他年龄相仿的同事，生活过得平淡无奇。又是几年过去，汪玲在晋升路上看不到希望而心灰意冷。知命之年过后，便一纸报告呈递上去申请提前退休。因为家底丰厚，先生又有一份体面且收入不错的工作，足以支撑家庭开支并过上富足的小康生活，汪玲在办理完退休手续后，就到之前所在单位的人事部门取回个人护照，计划和朋友去欧洲潇洒走一回，弥补自己工作时心愿未遂的遗憾。

待领略够异国他乡的山水美景，品味过西方古老建筑的独特魅力，欣赏完那一幅幅风格迥异的油画，细品了街头浓郁香醇的咖啡，汪玲满载而归。消停了一段时间后，她又开始遍访国内名山大川，周游深藏于郊野山林的各式各样的民宿，向草木借清凉，朝花月探深情，拾掇童年的美好时光，享受当下的岁月静好，活出淡定从容的生命本色。日子在闲适中悄然滑过，羡煞一众还在职场中打拼的同龄人。

邱霞大学毕业后在省城一家媒体当记者、编辑。历经多年的打拼和锤炼，邱霞终于成了一名职场精英。果断、雷厉风行的邱霞热爱运动，并因此练就了一副过硬的身板。如今已五十出头的她，身上没有一块多余的赘肉，眼角也不曾出现细密的鱼尾纹。儿子刚出国留学的那会儿，为了能让他吃上可口的热菜热饭，邱霞专门从国内带背着锅碗瓢盆漂洋过海来到美国旧金山。短暂的团聚后，又回到繁忙的工作岗位。三年前，邱霞干脆提前退休，在国内国外来回奔走，精心照顾忙于工作不愿花时间自己打理一日三餐的儿子。全球疫情爆发后，没法再随意出行，她便加入自己家附近的舞蹈健身队，在劲歌热舞中似乎又抓住了青春的尾巴，浑身充满活力，生活过得简单充实、快乐而富足。

唐琳退休前是省消防队的一名文职干部，按当时的政策，领了一笔自主创业费即可提前退休。就这样，提前退休后的唐琳再也没有了朝九晚五上下班的窘迫，没有了加班加点挑灯夜战的疲惫……一切都可以由着自己的兴趣、爱好，做自己想做的事，继续发挥生命的余热。经好友介绍，唐琳在一家知名的个人工作室担任经纪人兼宣传策划师，同时还经营老家的一款地道黑茶。经过她精心设计和包装，茶叶卖得相当不错。唐琳的日子过得悠闲而有滋有味，不曾留下岁月沧桑的印痕，比在职时还要精神，更显年轻且活力十足。

大千世界，芸芸众生，不同的人在美好的理想和骨感的现实面前，对后半生会做出不同的选择。有的人干到最后一天干不动的时候，才选择完全退下来，此时已是疾病缠身，伤痕累累，再无行走的欲望，再无探索远方的意愿，只求在孤独的人世间体面地走完最后一程。有的人在腿脚灵便的时候，便心怀山川大地，情系天涯海角，追求诗和远方，勇敢走出前半生狭小的舒适圈，告别眼前的一地鸡毛，向往天地间如云般无拘无束的自由自在，追逐年轻时未曾、未敢也未能实现的梦想，活出了真正自我的风采。

以上几位提前退休的女性，她们年轻时都曾怀揣过美好的梦想，并在各自的岗位上辛勤耕耘，活出了生命不同阶段的精彩。但漫漫人生路上，没有谁能一帆风顺、称心如意地过完平凡而短暂的一生；没有谁能逃得过官场复杂的人际关系，躲得过暗流涌动的职场算计。如何在有限的生命里，做自己命运的主人，活出生命无限的精彩，就看个人的取舍和修行了。

有人辛辛苦苦勤勤恳恳一辈子，一年四季从朝霞到日落，从晨钟到暮鼓，从青丝到白发，没有任何建树，到头来空悲切，所有的梦想都付诸东流；

有人稍稍使点儿小劲，傍上某位实权在握的大人物，随便借助一下外力，便可得到数倍于自己付出的回报，成为令无数人羡慕的人生赢家。

人生百态，活法自取。不管最终结局如何，人只要活在世上一天，就要思考如何才能让自己的心灵快乐充实、精神富足，而不仅仅满足于眼前的苟且和一日三餐，才算是不枉来此世间走一遭。

闲话辟谷

　　繁忙的一周即将过去，周五下班前，我发微信给萱姐问晚上是否有空一聚，她回复说可以。

　　于是，我们约好在一家台湾同胞开的茶餐厅见面。六点一刻，避开下班的高峰，我打车先行到达茶餐厅，点了一壶陈年的六堡茶，便坐在靠窗的一个卡座静候。几分钟后，高挑的萱姐身着端庄的浅灰色套裙，外系一条橘红大花方巾，向我款款走来。

　　当萱姐往我面前一站时，真令我吃惊不小。她原先宽大的国字脸变成了瘦削的瓜子脸，皮肤比先前显得光滑水嫩、红润细腻，整个人看上去神清气爽，似沐浴着春天的光辉。

　　坐定后，萱姐饶有兴致地告诉我，前段时间她去听了一堂有关辟谷的课，回家后按照老师说的方法付诸行动，才坚持了两周时间，已经饶有所获，不仅体重减轻了不少，气色还越发变好。萱姐说今天是自己复食后的第五天，还不能吃太多、太油腻，否则会前功尽弃。

我之前虽然听说过辟谷能减肥、养生，但自己从未有过探究和实践，听萱姐这么一说，突然有点心动。为了不影响萱姐的减肥计划，我俩只点了几样小菜，边吃边聊。

辟谷，又称"休粮""绝粒"或"断谷"，为先秦时期练气士的一种练养方术。《神农经》云："食谷者智慧聪明，食石者肥泽不老，食芝者延年不死，食元气者地不能埋，天不能杀。"人之生命，本乎气；一气不来，生命休矣。古人认为，欲要长生，先要食气。气，是天地运行、万物生长的动力，而关乎天地、万物、人身生命的真元之气是一体的。道家言"天地，万物之盗；万物，人之盗"，儒家道"万物备于我"，佛家也说"一粒粟藏大千世界"，其实讲的都是一个意思——真元气乃天地之根本。万物，"盗取"天地的真元之气以生长；人，"盗取"万物的真元之气为己用。真元气，是充塞于整个宇宙的，它不分彼此地滋润着世间万物，关键是万物和人能否撷取到罢了。

人撷取宇宙真元之气无外乎三个途径：一是食物。通过饮食，将有形食物中承载的真元之气转换到人身，故饮食当以新鲜的素食为佳。二是呼吸。通过深长的口鼻呼吸，将宇宙间的真元之气导入人身。三是恬淡。通过放松地与大自然亲近，让天地间的真元之气自然进入人身。

品着褐色六堡茶，听着萱姐饶有兴致的介绍，我的思绪像是回到先秦时期道家始祖辟谷服气的山野空谷，那里山高林密，长年云雾缭绕，远离人间烟火，仙气飘飘……

"萱姐，是什么原因促使你下定决心开始'苦行僧'似的辟谷体验?"

"其实也没什么，只是到了我这个知天命的年纪，新陈代谢不畅，身体日益发胖，整个人看起来像个大水桶，再好的衣服穿上身也显臃肿，达不到预想的效果。因为听说辟谷可以减肥、排毒，所以我就去尝试一下。"

"辟谷之前，要做什么准备呢?"

"主要是心理准备，一定要有舍我其谁的决心和定力，否则禁不住食物的诱惑，很容易半途而废。"

"整个过程需要专业人员指导吗?"

"我所认识的大多数朋友都是听了老师的讲课后萌生辟谷想法的，因此一般都会在老师的指导下循序渐进。当然，也有人远离自己的住地，前往幽静山谷结庐践行的。"

"辟谷通常以多久为好，是不是时间越长越好?"

"那倒不一定，有七天、十四天，也有二十一天或更长的，主要看个人的承受能力。"

"辟谷期间，可以少量进食吗?"

"辟谷有很多层次，分'半辟'和'全辟'，最高级的是道家功夫，连水都不喝。我实践的那种层次略低，还是可以喝水的，特别是矿泉水，因为里面含有微量元素，可补充体内能量。另外，还可辅以少量红枣水和蜂蜜水，这种方式适用性更广。"

"在开始的几天里，你有头昏眼花、近似虚脱的现象吗?"

"正式辟谷前，专业的老师会帮助你打通经络和开畅百会穴。一切准备妥当后，才开始进入辟谷状态。我一般是通过静坐冥想、口鼻深呼吸这种方式来'采能'——吸取日月精华，增补人体元气，也就是《黄帝内经》所说的'恬淡虚无，真气从之'……一段时期之后，就能达到帮助身体排毒养颜的效果了。"

"在最难熬的时候，受到美食的诱惑，你有过放弃的念头吗?"

"不瞒你说，还真有过，不过最后咬咬牙，用顽强的意念支撑，自我克制，总算挺过来了。小有庆幸的是，辟谷还重组了我的味觉系统。之前，过于琳琅满目的美食反倒让人的味蕾变得迟钝，辟谷后我才算真正分辨哪些是美味哪些是垃圾食品了。像现在，咬个苹果我都能感受到汁水在味蕾上飞溅的那种鲜美呢，简直太棒了！"

"萱姐，你知道，时下对辟谷冷嘲热讽的人有很多，当你尝试辟谷，似乎就是在挑战当前既有的主流文化信念，你会望而却步吗？"

"在我看来，辟谷可不是个什么修炼过程，更不是什么修炼方法。辟谷，更像是一种生命体验，就像你去吃没有吃过的食物、去玩没有玩过的东西那么简单。尼采说，我们的眼睛就是我们的监狱，而目光所及之处就是监狱的围墙。要知道，辟谷改变我的可不只是我的亚健康状态，还有我对这个世界的感知能力，这些是你从外表看不见的，等以后有时间我再跟你好好分享。"

聊着吃着，不觉已是晚上九点多钟。夜色未央，马路上车水马流，人影晃动。我俩起身从茶餐厅愉快地走出来，挥手道别。夜风徐徐，灯火摇曳，萱姐挺直的身影渐渐汇入茫茫的夜色……

穿小鞋

　　王霄和李伟是大学同班同学，大学毕业后，两人在同一座城市工作。

　　王霄出生在城市，生长在城市，从小养尊处优。大学一毕业，依仗着强大的家庭背景和社会关系，王霄就职于市里一家知名的国企。加上他性格开朗，能说会道，人缘很不错，受到单位领导的器重和培养，不久便成为总经理助理，负责单位的内务工作兼产品营销，事业干得风生水起。

　　李伟出生在偏僻的农村，父母体弱多病，家境贫困，从小到大没有得到任何关照，但他凭着自己的努力，大学毕业后，顺利考上市里的公务员，进入团市委工作，吃上了"公家饭"，成为全村人的骄傲。因为踏实肯干，任劳任怨，工作几年后，李伟当上了单位宣传科科长。

　　"五四"青年节即将到来，王霄策划了一场别开生面的活动，发动公司的年轻人积极参与。其中一个节目是邀请李伟来一场青春飞扬的即兴演讲，为公司的青年点燃心中的梦想，鼓励他们更加奋发有为，勇当新时代砥砺前行的先锋。

说起大学时候的李伟，可是一名品学兼优的学生。他认真读书，刻苦钻研，积极参加校内外的各种社会活动，还特别擅长激情演讲。因为演讲富有感染力，李伟经常赢得台下女生的欢呼雀跃，并为此收获了不少铁杆粉丝。

经过一番思考，确定演讲的题目后，王霄便草拟了一份邀请函请总经理过目。总经理同意后，王霄正式发函给李伟所在的单位，并希望老同学一定要给自己面子前来助兴。待一切安排妥当后，王霄一脸的轻松，走路脚下生风，满心欢喜地等待活动如期进行，展示他出色的策划能力。

可邀请函发出后三天，愣是没有一点儿动静。王霄试着给李伟发微信，李伟回复他说，邀请函还在单位领导吴书记的办公桌上，自己也不敢去问，心里也是七上八下干着急，无计可施，只能耐心等待。

眼看离五四青年节只剩下两天时间了，王霄有点像热锅上的蚂蚁——团团转。他心想，如果李伟来不了，得找谁来替补呢？自己策划的这场活动可是专门为李伟量身定做的呀，换人不一定能拿得下……思来想去，还是没有找到更好的办法，王霄陷入了深深的不安。

临近下班，李伟打来电话，王霄欢快地接听，以为事情有了眉目。不料，李伟说要王霄重新发函，且告知他邀请函的名头不能直接写自己的名字，因为要让领导有选择的空间，这对领导才是一种尊重。王霄按李伟的要求重新办文发函，跑上跑下，一番折腾下来，总算在下班前走完了所有流程，再次把邀请函发了出去。

次日上午九点，王霄前脚才刚迈进办公室，传真机便吐出一张带字的A4纸。他拿起来一看，原来传真回复他说李伟的领导吴书记要亲自来演讲。看罢，王霄急得直冒冷汗，凭自己多年的职场经验，他很清楚官场一些鲜为人知的潜规则……如果吴书记亲自过来的话，肯定需要公司的领导陪同接待，可眼下，董事长和总经理都在千里之外出差，一时半会儿赶不回来，怎么办？

正在王霄愁眉苦脸无计可施之际，他的另一个大学同学魏建打来电话。王霄将自己在工作上遇到的难题跟魏建全盘托出后，魏建安慰王霄说："这点小事算什么！你马上告知团市委办公室，说你们公司的五四青年节活动因突发情况暂时取消，让吴书记暂时不用来了。"

王霄担心自己这样做，会导致李伟被领导穿小鞋，影响他的前途，于是再次弱弱地问魏建："这样做合适吗?"

魏建说:"这么做再合适不过了,不然这事你怎么打圆场?!说起来,我年前注册了一家文化传媒公司,眼下正需要拓展各种业务,不如我去帮你圆场,既能把活动搞得红红火火,又不需要你们公司支付出场费,怎么样?"

事到如今,王霄也没有更好的解决办法,只好接受了魏建的建议,硬着头皮给团市委办公室拨通了电话。

原定的五四青年节活动如期举行,公司的年轻人踊跃参加,气氛热闹,效果比预想中还要好,王霄总算松了一口气。没过多久,王霄因出色的组织能力和超强的社会活动能力被领导委以重任,职务也获得晋升。

一个月后,李伟被调离团市委,去了市老干部局工作。王霄眼睁睁地看着李伟沮丧的身影却帮不上什么忙,只好望向天空一声叹息。

烈日下的隐痛

　　夏至过后，南国酷热难耐，知了在大树上不停地叫着，黑得发亮的柏油路冒着白烟。路边无忧树的枝条耷拉下来，无精打采地喘着粗气。树枝上的叶子有些倦怠，在蔚蓝的天空一隅呻吟。行人的脚步急促而沉重，露珠似的汗滴顺着额头、脸颊直往下掉，恨不得来一场暴雨洗刷这眼前的灼热和沉闷。

　　中午时分，简单用过食堂的午餐，我走出办公室，来到树木荟郁的街边。

　　一座天桥底下，刚开通不久的地铁站出入口还垒着厚厚的一层黄土，几个身着橘红色马甲的中年妇女戴着浅黄色的草帽，娴熟地挥动手中的铲子一挖、一挑，将泥土一铲铲堆到路面上后，又把刚卸下车堆放在一旁的绿草皮依次铺在裸露的土上，间隔种上各色应季花卉的植物。离她们不远处的树荫下，还零散地蹲着几个戴着草帽的中年妇女，她们手里捧着塑料便当盒，米饭上盖了一层切成碎末样的酸豆角和黄瓜皮之类的食物，正吃得津津有味。一个上了年纪，额头和鬓角长了白发的妇女把自己的饭盒递了过去，大声问同伴要不要尝尝自己的菜。一把汤匙伸了过去，那位妇女小心地舀起少许，放入自己的饭盒里后，盘腿坐在有些潮湿的草地上吞咽起来……她的嘴角微微上扬，露出质朴的笑容。

见那个上了年纪的妇女爽朗地笑着，我忍不住走到她跟前，弯下腰来半蹲着与她攀谈起来："大姐，这样的大热天，你还出来干活？"她似乎略吃了一惊，抬起头来时，笑颜绽放的脸上带着几分惊讶，很快就叹了一口气，说道："不干活不行啊！家里几口人的生活就靠我和老公在外打零工维持，儿子在北京上大学，女儿高中没毕业就去外地打工了，公公婆婆身体不好，长年累月离不开药罐子……"她一边说一边用手指向不远处的男子，这个男子头发花白、脸面黝黑，正低头弯腰在埋地下管道。想必，那就是她嘴里说的老公了。

而就在这些身着橘红色马甲的中年妇女不远的路旁，矗立着一栋豪华大酒店。酒店一楼的大堂摆放着几张棕褐色的真皮沙发，空无一人。强劲的冷气从酒店喷涌而出，不时有穿着体面、提大包小包的客人自由进出。

但这一切都与她们没有丝毫的关系。她们不敢贸然进去踩上那擦得光洁锃亮的地板，怕招来鄙视的目光，哪怕是在里面乘一会儿清凉。汗水已将我面前这位妇女的衣衫浸湿，阳光透过树隙直射下来，她的眼睛有些睁不开。一颗颗豆大的汗珠顺着额头滚落，她依然戴着草帽不停地往嘴里送饭、吃菜，不时地和同伴聊上几句家长里短。

午餐过后，收拾好饭盒，她"咕咚"喝下几口自带的凉白开，仍和同伴围坐在一起，操着一口本地人听不懂的方言，露出并不齐整且有些发黄的牙齿，有说有笑。随后，她把随身携带的编织袋往凹凸不平的空地上一溜儿摊开，顺势斜躺，摘下破旧的草帽挡住自己大半个脸，任由耳边蝉声响鸣，进入自己短暂的"午休模式"。

身旁的街道人来人往，车流不息，这一切似乎都与中年妇女无关。她们四处揽活干活，她们的世界里没有脏和累，能顺利拿到工钱，就是她们唯一的希望，也是她们快乐的源泉。因为在老家，上学的孩子和年迈的老人需要她们提供基本的生活保障，需要她们解决一日三餐的温饱……

看到烈日下这些妇女弯曲的身子和那简简单单的饭菜，我的心禁不住抽搐起来。同样的时代，同样的生命，在同样的蓝天下，只要一点阳光就笑得如此灿烂的她们，为何要承受如此的艰辛和劳累，才能换取最基本的生存保障，保证一家老小的温饱？而终日工作稳定、衣食无忧的我们，无论严寒酷暑，都在舒适的空调房里度过，还不时抱怨这、疑虑那——抱怨生活的不公和命运的多舛；抱怨上司苛刻无情，总戴有色眼镜看人；担心被同事背后算计，使阴招、损招给自己穿小鞋；顾虑还在幼儿园里的孩子输在起跑线上，将来不能出人头地、光宗耀祖……如此，我们每天在焦虑和不安中度过，又如何来得及放慢脚步欣赏路边的美好风景？又如何沉得下心来看云卷云舒？下班后，各种应酬、无效社交，让我们没时间和家人共进晚餐、聊叙家常，更无法独坐一隅专心读书，滋润疲惫的心灵，敞开想象的翅膀遨游星空……日复一日，周而复始，人生哪有什么快乐和幸福可言，何时能到达理想生活的彼岸？

那天中午，自从遇见这些妇女后，我便下定决心不再纠结工作上的得失，不再计较生活中的种种不如意，不再参与那些无聊饭局上言不由衷、词不达意的吹捧，而是用心感受每天的日升日落，关注每一粒种子的发芽、生长，沉醉于一阵拂面的微风，欣赏每一朵花的盛放与凋谢……人间万物皆有定律，也有自己的宿命。不抱怨，不悲伤，不厌烦，在每一个不曾起舞的日子里，静坐陋室，仰望星空，就着一缕月光、一壶淡茶、一盏青灯，读自己喜欢的书，做自己喜欢做的事，爱自己喜欢的人，抵达自己向往的远方……今生便不留遗憾，来生犹可追忆，足矣。

回 报

在南宁青秀山书院一楼的洗手池旁，一只硕大的乌龟正伸展前肢，从红色的塑料盆探出头来。它警觉地四下张望，稍稍抬起尾部。一颗椭圆形的石头一般的蛋滚落盆中，乌龟倏地松了一口气，眼神即刻淡定下来，四肢如释重负地耷拉在水盆里，像是完成了一项伟大的使命。

说起这只大乌龟，还有一段有趣的故事呢。

六个月前，也就是癸卯年春节前夕，我在家里打扫卫生，发现很多常年不穿的衣服将一个大衣柜塞得满满当当，于是就挑出一堆八成新的毛衣及冬天的厚外套，把它们叠好放进一个大布袋里。心想，小区里就有一间爱心小柜，丢到里面既省事又可为困难山区送去温暖，何乐而不为呢？但转念一想，据说好多爱心小柜的衣物其实是到不了需要的人的手里的，常被一些不良商家当成原材料回收加工，牟取暴利，还不如……打定主意后，第二天上班我便将打包好的衣物拿到办公室。

经过长长的走廊，看着锃亮锃亮的地板，像刚擦了油的皮鞋。这会儿，每天打扫卫生的陈姨正穿着深蓝色工作服，推着手推车往不远处的卫生间走去。

我走到办公室门口，低低叫了声"陈姨"，她回过头来，我招手示意她过来。她搓了搓手，看看四周没人，又看了看我，疑惑地向我走来。我拿出那包装满衣物的布袋，双手递到她手上，告诉她事情的来龙去脉。她听后愣了一阵，才惴惴不安地接过布袋，对我不停地说了一句又一句"谢谢"。

看着陈姨离去时微微发驼的背影，我的鼻子有点发酸。这位年近花甲的妇人，本该享受含饴弄孙的天伦之乐，却还要在外打工谋生，真不容易，我能帮一点就帮一点吧……

第二天早上，我来到单位，刚打开门走进办公室，陈姨就跟着进来了。她悄悄地对我说："这是我家儿子养了十年的乌龟，快过年了，挑了一只大的带来送给你，尝一下。"说完，便将一个纸箱放在沙发边的地上。我执意不收，让她拿回去卖了换钱，她怎么也不愿意。双方一阵相互推搡，陈姨的脸有些涨红，一个劲儿地说："你送了我那么多漂亮的衣服，这是我的一点心意，你一定要收下……"看着她无比诚恳、真挚的样子，我知道这回是推却不了的，于是只好答应将乌龟留下来。她像个小孩似的开心地笑了，这才一脸轻松地走出大门，拿着拖把，如平日一般弓着背弯着腰一前一后地拖起地来。

临近过年，要回老家看望耄耋之年的母亲，这只年龄不浅的乌龟，我实在舍不得端上餐桌要了它的命，决定找个好人家收养。不停搜寻，有一个地方进入了我的脑海……于是拨通青秀山书院张院长的电话，他二话不说便爽快地答应了。心中的一块石头终于落了地，关键时刻，乌龟终于有了安放之地。

春节过后，我们一家回到邕城。收拾妥当后，便驱车前往青秀山书院。车刚停下，我便迫不及待地跑向洗手池。只见那只在青山绿水中过了一个平安吉祥年的乌龟，正怡然自得不声不响地趴在红色的塑料盆中。它的嘴张得老大，嘴角边的线条微微翘起，像是在朝我微笑；它的眼睛炯炯有神，直直注视着我，一眨也不眨，似是在对我呢喃着什么……周围是满目的葱绿，阳光从叶缝里照射下来，送来春日的气息。有黄叶落了，碰到它的背；有寒气来了，向它的壳袭去，于是它便缩回身体。有的时候，一只苍老的手会给它捎来食物；有的时候，一只稚嫩的手会轻轻抚摸它的壳；有的时候，山风吹过，它听着风的足音，就这样沉沉睡去……

半年时间一晃而过，池中水滴，地上草长，乌龟看似没有任何改变。突然有一天，一枚厚实、光滑的蛋滑落下来，众人震惊，遂封其为"神龟"，倍加呵护。

为了让这只乌龟有一个更加舒适、安静的生活环境，张院长决定将它"落户"到青秀山山顶的观音禅寺，让它在那里闻缕缕香熏，看花盛缤纷，听佛音袅袅，洗涤红尘凡心。

陈姨依然每天身着蓝色工作服、推着手推车，用心打扫整层楼的卫生。每次，当她经过我的办公室，看到地板脏了，总要悄悄走进来帮我清理一下。为了不引起误解，带来麻烦，我提醒陈姨我自己打扫就可以了，陈姨却总是笑着说多动一下拖把，又不费多大的劲儿，有什么关系呢！话还没说完，陈姨一前一后又挥动着拖把，已把地板拖得一尘不染。

一晃几个月过去，中秋节即将到来，这天，陈姨打扫完卫生，一脸神秘兮兮地走进我的办公室，从她那宽大的上衣口袋里掏出一个红色塑料袋，递给我，说："这是上周休息日我回老家大山里摘的猕猴桃，带几个过来给你尝尝……"

我愣了一下，待明白过来是怎么一回事后，正要站起身推却，陈姨连忙补充道："尝尝吧，尝尝吧，不酸的呢，好吃得很！"

看着陈姨满脸善良、热情的笑容，我不忍拒绝她的好意，于是只好收下。一转身，我随手拿起一盒自己刚买的月饼回赠给陈姨。这回，轮到陈姨推却了："您太客气了，我不能要的……"

"没事，我这也是朋友送来的，家里还有很多……"经我一番好说歹说，陈姨才终于肯收下。她双手接过那盒包装精美的月饼，像刘姥姥嬉游大观园似的捧在手里看了又看，瞧了又瞧，嘴里一个劲儿地嘀咕说："我还是第一次收到这么好看的月饼呢，以往中秋节都是在街头巷尾买的散装月饼拿回家吃，这回，保准把家里人高兴坏了……"

看着陈姨满心欢喜的背影，我也开心地笑了。

但愿中秋月圆之夜，陈姨和家人在院子里围坐一起，赏着月，吃着饼，有说有笑，乐享人间欢颜，过一个充满欢歌笑语的中秋佳节。

风过了

云散了

轻依时光的门扉

我依然欣喜着这一份份美好的遇见

一如在尘世行走中

邂逅一朵朵花儿的盛放

齐白石在钦州

"人生如逆旅，我亦是行人。"生于这三千红尘，我常常有种如梦似幻的感觉，如同那梦蝶的庄周，不知是我梦蝶，还是蝶梦我。生命中的很多事情，当你遇见它的那一刻，你便知道，它从很久以前便向你走来了——你们注定相逢。

三年前的一次公差，我入住钦州天骄国际酒店。傍晚，夕阳西下，彩霞映红半边天。闲坐阳台，透过玻璃窗俯临楼下，只见一池湖水波光粼粼，仿若仙女身披的曼妙彩衣。湖面点缀的朱红线框，如久被封印的经纬线，一种神秘的气息将我蛊惑：这似曾相识的古老印记是什么？终于，在饭后闲庭时，我得到了答案，原来这是以著名画家齐白石的名字命名的"白石湖"，而那几条醒目的朱红线框便是以"白石湖"三个字篆刻的印章。

多么神奇啊，生于当世的我，竟与一位伟大画家的灵魂共游一地！这是他到过的地方，我是钦慕他的人，如今，我也到了这里！

　　齐白石，一个几乎每个中国人都耳熟能详的名字，他在这尘世留下了多少余墨，至今，循着他的足迹，我们仍能窥见一二。齐白石与钦州之缘可谓缠绵深厚，在那个车马很慢的从前，一个人的一生能有几次机会来到自己钟爱之地呢？历史给了我们答案：40至47岁，齐白石曾五次离家出游，于1906年、1907年和1909年三次旅居钦州，居留时间将近两年。钦州，是他定居北京之前旅居时间最长的一个地方。

　　1864年，齐白石出生于湖南湘潭一个贫苦的人家，乳名"阿芝"。14岁，家人送他去学做木匠，因为在雇主家里借到了一本残破的《芥子园画谱》，每日临摹，雕花手艺大为长进，成了远近闻名的"芝木匠"。27岁，齐白石拜湘潭名士胡沁园为师，正式开始读诗学画。为人做肖像养家糊口的同时，用雕花的手法自学刻印，凭借天赋和勤奋，齐白石渐渐进入湖南书画界。40岁，齐白石离开故乡湘潭，到自然山川中寻找灵感。41岁，广西提学史汪颂年邀请齐白石去桂林，齐白石欣然前往。在那里，原本就有些傲气、不趋附主流的齐白石，在"甲天下"的桂林山水面前终于找到了内心的自信与力量。后来，他在日记中写道："逢人耻听说荆关，宗派夸能却汗颜，自有心胸甲天下，老夫看惯桂林山。"42岁，齐白石受父亲嘱咐寻访在广东从军的四弟齐纯陪和长子齐良元，到广州后才知道他们追随时任钦廉兵备道道台的湘潭老乡郭人漳到钦州从军，于是齐白石也就到了钦州，这，便是他第一次来钦州。在这期间，郭人漳盛情款待齐白石，郭夫人潜心向他学画。郭人漳工诗善书，收藏有"八大山人"、徐渭等名家真迹。齐白石在钦州得以临摹这些名家之作，受益匪浅。最后一次在钦州期间，除去写生的画稿，齐白石作画二百五十多幅、刻印二百八十余石，数量之巨，十分惊人。

有人说，在钦州文化史上，郭人漳贡献甚大，如果没有郭人漳，便请不来齐白石，促不成齐白石的三次钦州之行，更没有齐白石与钦州结下的夙缘。这，不仅成为齐白石念念不忘的游历，也成就了钦州艺术文化史的一段传奇佳话。

齐白石对钦州的热爱如斯，而齐白石对钦州荔枝的热爱更是超乎我们的想象。他一生所作三万幅画作中，以钦州荔枝为题材的画作有五百多幅，仅次于虾画之数量。

话说，齐白石当年从东兴游览后返回钦州的途中，第一次看到挺拔苍翠的荔枝树上挂满了鲜艳欲滴的荔枝，碧绿的叶子中间衬着紫红色的果子，他触景生情，画意大发，一天连续画了七八幅荔枝图。

后来，他在《白石老人自述》中回忆道："沿路我看了田里的荔枝树，结着累累的荔枝，倒也非常好看，从此我把荔枝也入了我的画了。"

齐白石笔下的钦州荔枝大多枝干粗放，赋色鲜艳，姿态各异，沉而透，苍而润。在写意中将"形"简到极致，却又总能让观赏者从简洁的"形"中悟出深奥的"神"来。

齐白石曾言："果实之味，唯荔枝最美且入图第一。"荔枝之于齐白石可说是魂牵梦绕，然而，令齐白石魂牵梦绕的还有一段萍水情缘。

在钦州时，常有文人雅聚。每当夜幕降临，清风徐来，一名歌女抱琴浅唱，用纤纤玉手剥荔枝给齐白石吃。多年以后，此情此景仍令齐白石回味无穷，为此，他写了一首《与友人说往事》追忆此事："客里钦州旧梦痴，南门河上雨丝丝。此生再过应无分，纤手教侬剥荔枝。"

回到北京，齐白石难以忘怀在钦州赏荔的情景，便常用吟诗作画来回味，"此生无计作重游，五月垂丹胜鹤头。为口不辞劳跋涉，愿风吹我到钦州""自笑中年不苦思，七言四句谓为诗。一朝百首多何益，辜负钦州好荔枝"……相比苏轼的"日啖荔枝三百颗"，齐白石这句"愿风吹我到钦州"更是耐人寻味。

炎炎夏日，又是荔枝红了时。桂南一带荔枝园换上了红色的盛装，一颗颗果实紧紧地挨在一起，殷红殷红的，如同羞涩的美女那嫣红的脸。人们三五成群围在一起，品尝着从树上刚摘下的肉厚爽脆、多汁香甜的新鲜荔枝，别提有多惬意。我不知道，当那果实之味流入喉时，他们是否会发出"唯荔枝最美"的赞叹？我不知道，当那果实之味沁于心时，他们是否会想到，在自己脚下的这片土地上，数十年前，有一位老人也曾在一棵荔枝树下，赤诚地仰望着那枝叶间鲜亮透红的荔枝正陶醉入迷？

哦，我忘了，这位老人晚年是离开了这里的，然而，肉身可被困于一地、毁于一旦，灵魂却是可自由、可长存的。我更愿意相信，这位老人还会远道而来，他还会一遍遍地撑着命运的木桨、跨过轮回的汪洋，再回到钦州的荔枝树下，品尝那曾经给他留下美好记忆的荔枝，回忆他在钦州旅居的那段日子……

岭南才子郑献甫

初夏时节，蝉鸣枝头。行走在岭南的乡村田陌，不时会有意外的惊喜。

细雨霏霏中，驱车驶入广西来宾市象州县寺村镇白石村。一棵高大的麻栎树耸立在村前的空地上，枝繁叶茂，苍翠欲滴。再往前步行几分钟，一座古朴的砖木结构中式院落突兀眼前，大门上方"郑小谷故居"五个大字在夏日的绿野仙谷中显得格外起眼。

象州古郡，人杰地灵，历史文化厚重，郑小谷便是其中的杰出代表。郑小谷原名存纾，字献甫，号小谷，又自称"识字耕田夫""草衣山人"，世人惯称"小谷"。据《郑氏族谱》记载，明天启年间（1621—1627年），其先祖自直隶（今河北）迁至象州，从此在白石村安居下来。郑氏由中原迁来广西，把中原人家注重耕读的风气也一同带来了，家风自然良好。其祖父郑名佐曾考中进士，但他不愿做官，一心教书育人，造福乡梓和百姓。

郑献甫的父亲是一名乡村私塾教师。他三四岁时便开始随父亲识字读书，七岁入蒙馆读私塾，从小爱书如命，对书本"犹鱼之于水，须臾不能离"。在私塾读书期间，郑献甫读书常读到深夜不寐，困了就趴在桌子上，醒来继续诵读，总是书不离身。一次，母亲带着年幼的郑献甫回外婆家，他包里装的全是书。那个时代，煤油紧缺，普通人家晚上都不点灯，一家人围在火炉边聊家常，到点灯上床睡觉时，不见他的踪影，大家急得四处寻找，最后在附近的庙堂里找到郑献甫，原来他正借着庙堂里微弱的香火灯光在读《说文解字》呢。

由于酷爱读书，郑献甫十岁就读完了"五经"，十三岁读完"九经"，成为当地名副其实的小才子。郑献甫的诗文对联也了得。九岁那年，他随父亲在象江下游的金鼓村扫墓，因当天来不及赶回，夜晚便在一个隐者居住的洞窟里留宿。小小的郑献甫见隐者的洞里摆了很多书，于是拿起一本书就兴致勃勃地读了起来。隐者惊奇，想趁机考考他，便出一上联——"岩空留夜宿"，郑献甫应声而对——"水阔放云行"，瞬间让隐者刮目相看。隐者认定郑献甫将来肯定能出人头地，成为首屈一指的大诗人。

在古人看来，读书写字分不开。特别是参加科举考试，写不出一手赏心悦目的小楷，实在难以赢得考官的欢心。苦心学习"四书五经"的同时，郑献甫在书法上也花了不少工夫。"古文辞赋，皆牛毛细楷"，可见用功极深。

"读书自课三余子，涉世披带百人图"，这是郑献甫在厅堂的自题联。"三余"意即三种空余时间：冬天农活少，是一年中的空闲时间；夜间不能下地干活，是一天中的空闲时间；阴雨天不便进行农活耕作，是一种短时的空闲时间。这上联说的是读书自课如果能利用"三余"，孜孜以求，定能学业有成。而下联则是教育子孙要忍辱负重，待人处世要以和为贵，忍为高，不能意气用事。

功夫不负心人，经过三次落榜，郑献甫终于在第四次进京应试时考中进士，名列第二十名。在"春风得意马蹄疾，一日看尽长安花"后，他收拾放浪的形与不羁的心，回归仕途的平静，后被分配到刑部任主事，主管云南、江苏的案件。好不容易立足京城，憧憬着可以成就一番大业，郑献甫却发现官场很是黑暗，仕途艰难险恶，并无自己施展才华的空间，凭一己之力，难以解决众多的冤假错案，公平正义更是没法伸张，有悖于自己当初考取功名的初衷。于是在做了一年零两个月的刑部主事后，他便以赡养老人为由辞官还乡了。朝廷不仅没有责难郑献甫，反而以"孝友廉洁守正不阿"赏给他五品卿衔。

海天辽阔，一路挟书册南行，饱览祖国大好河山，走访名胜古迹，郑献甫心情大好。时值秋天，天高云淡，他登上太行山，心情豁然开朗，文思泉涌，欣然吟道："生为百年人，乃作万里客……看水与看山，何惜几两屐，为利而为名，未免最下策。"游历途中收到家书，又即兴吟咏："忽闻雀风起，又接鱼书拆。远道多荆榛，故园多松柏。已付渊明辞，将买志和宅。"待郑献甫一路风尘仆仆回到象州老家，已是除夕佳节，高兴之余，他赋诗一首："鹊松几声起，梅含数点花。一年将尽日，万里正回家。老母忘行药，娇儿学奉茶。门闾幸无恙，莫叹鬓边华。"喜悦之情溢于言表。

回到久违的家乡，郑献甫对这里的山水风光和人文景观倾注了极大的热情，写下不少诗文佳作。"二分绿衬一分红，春意初生极目中。我已猖狂如阮籍，谁甘寂寞守杨雄……"赋闲之际，他决心把自己的满腹经纶传授给子孙后代，便在家乡开设学堂教书育人。

清朝末年朝廷腐败无能，社会凋敝，民不聊生，经历过鸦片战争和太平天国运动，郑献甫过着颠沛流离的生活，可谓九死一生，但始终没有离开书院和讲坛。他大半生都在两广从事教学，先后在广西雒容设馆教学，并在德胜书院、榕湖书院、秀峰书院、象台书院、柳江书院、广东顺德凤山书院、广州越华书院等任主讲。郑献甫成了岭南一带教育界极有威望的人物，这是他对那个时代做出的重大贡献之一，因此也被誉为"岭南才子""两粤宗师"。

从郑献甫门下培养出来的优秀人才遍及岭南各地，不少学子在他的思想影响下成为各级官场精英。当时，从广西贺县来的林肇元也曾在郑献甫门下读书，后来考中进士，到湖北谷城县当知县，官至贵州按察使。

郑献甫一生著述丰厚，有经学、文学、诗歌等一百多万字，流传于世的诗歌就达三千余首，还有经学著作《愚一录》《四书翼注》存世。如今，象州人民没有忘记他，当地广场上矗立着郑献甫的巨大雕像，有关他励志读书、才思敏捷的故事在当地民间广泛流传。

"一代情僧"仓央嘉措

三百多年前的一个风雨交加之夜，一个年轻的生命消失在茫茫的青海湖，给世间留下无尽的遗憾。

一个时代最优秀的僧侣诗人从此舍弃名位，决然在人们的视野中遁去了。怅然圆寂也罢，归隐山林修行也好，抑或隐姓埋名周游各地弘扬佛法……世人的各种猜测，终究再也换不回那个史上"最美情僧"的千古吟咏、万千情怀。

假如十四岁那年没有被选为"转世灵童"，他的人生又是怎样的一番景象呢？美丽的藏南，山峦连绵起伏，青草萋萋，白云悠悠，终日在山水间纵情吟唱，会激发这个风华正茂的少年多少文思泉涌？然而，一切的一切都被残酷的现实打破了。在世人钦羡的目光下，身为一名农奴之子的他被选中，从此，他不得不告别亲人、恋人、自由，踏上一条终日与种种清规戒律、繁文缛节相伴的僧侣之路。

气势宏伟的布达拉宫，容不下这个叫"仓央嘉措"的翩翩少年那瘦削的身躯，更安放不了他那颗不羁的心。从小在旷野里恣意生长、无忧无虑的他，看惯了明净灿烂的天空、葱茏的草木、成群的牛羊，注定过不惯深宫大院里单调枯燥的生活。他依然向往自由和美好的爱情，即便入住布达拉宫做了雪域高原最大的王，平日生活中即使遭到各种禁锢，仍不忘初心，留恋昔日那青梅竹马的姑娘，于是，也便有了从他心底吟诵而出的那一首著名的情诗："住进布达拉宫，我是雪域最大的王。流浪在拉萨街头，我是世间最美的情郎……"

尽管，他常冒着被摘下最高头衔甚至被无情驱赶的风险，深夜悄悄去幽会昔日的恋人，然而，短暂的相见又怎能弥补长久的寂寞与相思呢？在四壁森严的布达拉宫，在经卷下青灯照孤影的每一天，他依然守着对真爱的执着与信仰。于是，便有了盛传于世的那一首凄婉哀美的诗章《那一世》。"那一夜，我听了一宿梵唱，不为参悟，只为寻你的一丝气息……那一天，我闭目在经殿香雾中，蓦然听见你诵经中的真言……"这发自灵魂深处缱绻悱恻的诗句，能不让人为之动容吗？没有自由和爱情的人生，在多情的仓央嘉措看来，无异于行尸走肉、空耗有限的生命，他只想化作一只高飞的大雁，投入情人温暖的怀抱。

他只度过了二十四个春秋，短暂的人生却充满传奇色彩，既有宗教的神圣、政治的诡谲，又有爱情的凄美、命运的无常。他的愁苦、他的心思、他的无奈，只有在诗里才得以倾诉、释怀。"曾虑多情损梵行，入山又恐别倾城。世间安得两全法，不负如来不负卿。"这或许是仓央嘉措真实心灵的写照。人们在这首诗中，能读到仓央嘉措不同凡俗的悟性，能感受和体味人生的意蕴。咀嚼这首诗中的哲理和深情，总会勾起人们在沉思中的冥想和怀念……

仓央嘉措离我们远去了，但他的诗歌和爱情故事却鲜活地在人世间静静流淌，被人们日复一日地吟咏传诵，抚慰无数受伤的心灵。

历史在延续、生活在延续、爱情在延续。仓央嘉措的诗歌和爱情已植入我们心灵最柔软、最诗意的部分，萌发和分蘖出千千万万美丽的枝干和花簇。

中年出走的苏敏

　　天空湛蓝，和煦的阳光洒落阳台。这是一个寻常的午后，忙完家务，哄完两个外孙睡着后，苏敏习惯性地上网查找自己喜欢的穿越小说，这是她每天重复的枯燥生活。然而那天，苏敏没有如往常一般打开网络小说的界面，似乎是命运使然，恍恍惚惚间她随手点进一个视频，一个女博主正在分享自己的自驾游经历。看着视频中那些山川湖海、风花雪月和博主脸上灿烂的笑容，自由和温暖的气氛将她萦绕，苏敏瞬间被击中：人，居然还可以这样生活！她不由得兴奋起来，与丈夫相处的压抑、多年家庭主妇生活的苦闷和无奈，在那一瞬间一扫而空。

　　"自驾游"一词从此占据了苏敏的大脑。有了目标就有了生活的动力，说干就干，苏敏开始做着出发前的种种准备：花钱买下了学拍短视频的网课，又按图索骥从网上买来帐篷及外出必需的日用品……终于，在2020年9月，苏敏怀揣着2380元退休金，独自开着一辆白色的小POLO从家乡郑州出发了。

苏敏了无牵挂一路向南驰去，风雨兼程横跨好几个省区，正式开启了一趟没有目的地的自驾游。在广阔的中原大地上，她似一匹野马自由奔驰，跨越山海，奔向心中的星辰大海。她一路走走停停，去过陡峰奇岭，到过海角天涯，结识无数与她一样心怀梦想的人，她与他们相遇相离、相知相许……一路行来，她陶醉在大自然鬼斧神工的造化里，感受着人间美好的真情。虽历经过汽车爆胎的彷徨无措，遭遇过大风大浪的恐惧无助，但比起在家夫妻搭伙度日如年、形同陌路的冷暴力，这种旅途的艰辛又算得了什么？何况，一路上还有不少好心驴友的热情相助。媒体记者的跟随采访，让孤独前行的苏敏获得了些许陪伴的安慰，更有一种莫名的欣喜与感动。她紧紧地握着方向盘，凝视前方，心却自在飞扬于天地。她笃定自己的后半生必会在苍茫的天地间追寻生命的意义，将一度丢失的灵魂找回，与山水为伍，与田园对歌，与星辰对视……

在长达一年多的自驾游里，没有丈夫的一句问候，没有朋友的惦念，也没有可以停留的屋檐，苏敏的内心却变得日益强大。她义无反顾地行走着、快乐着，饿了就把车开到附近的汽车营地，取出简单的炊具，给自己做一碗可口香辣的面条充饥；渴了就喝自带的桶装水；困了就把帐篷打开，支在车顶铺好被褥躺下，伴着星星和月亮入眠；闲时就剪辑白天在路途中拍下的视频……生活自在舒心、丰富多彩，心灵也得到了自然万物的滋润。

斗转星移，日子一天天过去。苏敏一边行走，一边思考，见的人和事多了广了，心胸也开阔了。她不再埋怨那个曾经将她气得差点抑郁的丈夫，不再留恋那个令她窒息的家，不再回想那种一成不变的烦琐生活。她把旅途的见闻拍成视频发到抖音、小红书等各大网络平台后，引发了众多网民关注，一时间粉丝暴涨。苏敏成了人们心目中走出狭小天地的勇敢者，成为中老年女性独立的典范。在巨大流量的光环下，苏敏出版了自己的第一本书——《年过五十，我决定"离家出走"》。她将自己前半生的人生故事以及旅途中的所见所闻，痛快淋漓地写进了书里，又吸引一众读者目光，成了名副其实的网红。这时候，命运好像要将她前半生所受的苦痛都治愈、弥补，开始对她越来越好起来。财富、名声、荣誉、自由……这些曾经在那个狭小的房屋里可望而不可即的东西，如今纷纷朝她迎面扑来。

回首往事，苏敏禁不住泪流满面。她的前半生活得一地鸡毛，没有真正的自我，为家人奔波忧心，被沉重的家务所累。闲暇时蜗居在房间的一角，她常常望着窗外的风景暗自感慨，觉得自己仿佛是一只被困的鸟儿。因为家庭出身的卑微，成年后的苏敏只在当地一家化工厂上班，做着简单、重复的流水线工作，又苦又累，且薪水微薄。不久后，工厂倒闭，苏敏嫁给没有感情基础的男人，结婚后为人妻为人母，整天围着灶台转，侍候一家老小，还被不领情的丈夫歧视、家暴，活得大气不敢出，谨小慎微、忍辱负重成为她唯一的出路。生活枯燥乏味，日子一成不变……不甘再受窝囊气的苏敏终于觉醒。当两个外孙到了上幼儿园的年纪，八旬母亲有了三个弟弟照顾……在使命几近完成的情况下，没了后顾之忧，苏敏毅然决定"离家出走"，看看外面的世界，走出了放飞自我的第一步。不料她的这一步，让她的人生也有了意想不到的结果。

成为网红后的苏敏，各类媒体记者的采访纷至沓来，许许多多有关她的新闻报道犹如纸鹤一样传遍大街小巷，她也因此跃上了人生巅峰，甚至走进了中央电视台演播厅。在主持人董卿面前，她大声朗诵海子的诗——"从明天起，做一个幸福的人，喂马，劈柴，周游世界……"海子对美好人生的愿景，不就是如今苏敏现实生活的写照吗？在当了那么多年的家庭妇女后，苏敏终于也成了人人艳羡的独立"大女主"！

最近几年网上有一句话比较火：愿你走出半

生，归来仍是少年。苏敏历尽沧桑，当她走出前半生，俨然回到了少年时代，似乎又变成了那个对未来、对万事万物都满怀期冀的小女孩。

在网络上，苏敏被称作"当代娜拉"。她刚"离家出走"那会儿，全网一片赞美和热捧的声音，甚至不少粉丝千里迢迢去追随她，把她当作勇敢的偶像，和她一起自驾行，粉丝们赞扬她——"像娜拉那样勇敢出走"。鲁迅曾在《娜拉走后怎样》预见了女主的结局：由于缺乏独立的经济地位，娜拉出走以后只有两条路——不是堕落就是回来。可是，苏敏与娜拉截然不同。她出走之后名利双收，成为网红和名副其实的人生赢家。不同的时代，造就了不同的人生际遇。互联网给了苏敏机会，但若是她没有勇气和决心，也是抓不住的。

芸芸大众，每个人的心中都装着诗和远方，但在一地鸡毛的现实生活里，谁都活得不尽如人意，卑微、沮丧、无奈……致使对自由的渴望被掩埋进尘埃。只有少数人敢于冲出习以为常的生活舒适圈，在未知的世界里寻找星光，就像黑夜里闪烁的萤火虫，哪怕自己再渺小、力量再微弱，也要在漆黑的夜空中，为周遭的世界点亮一盏希望的明灯，照亮孤寂、漫长的黑夜。

中年"离家出走"给苏敏带来的回报不仅是精神上的，还有物质上的。行走不到两年，苏敏便拥有了人生第一辆梦寐以求的房车，从此在自驾游的路上披荆斩棘，越走越远，越走越宽阔。她凭着自己的毅力和坚持，从一个充满哀怨的家庭主妇华丽变身为知名的旅行博主，一个人走遍了千山万水，把家庭琐事变成了山川湖海、日月星辰。谁说追求梦想就一定会穷困潦倒？苏敏以自己的行动向世人宣告，无论过去遭遇多大的困难、有着怎样的不堪回首，只要勇敢迈出第一步，就定能收获自己想要的生活，实现自己的梦想。

苏敏的人生是从中年开始的。很多人总以为人到中年就应该故步自封，安安稳稳地过一眼望得到尽头的日子。但苏敏以她的亲身经历告诉我们不是这样的。她丰盈的心灵、勇敢的生活态度，给我们指明了前进的方向：一个人，只要确定了目标，勇敢地去追求梦想，过自己想要的生活，什么时候都不晚。

愿每一个"苏敏"都能明白这个道理，也包括平凡的我自己。

生命，在山水中绽放

初见丽媛的那天下午，天空下着小雨。暮春时节的桂林，还有一丝寒意，如轻烟一般渗入人的骨髓，却也令人感到一股清凉的快意。这是独属于山水名城的魅惑，山水中的"湿"与"诗"，只有通过温度才能切身地感受到。

出了动车站，乘坐出租车，窗外雾蒙蒙一片，街道两旁的房屋掩映在树丛中，若隐若现，给人如梦似幻的感觉。仿佛在仙女的轻纱中游走，那一缕又一缕繁复的轻衣，令我险些在其中迷途。幸好，山重水复，终于在漓江的支流——东江的拐弯处柳暗花明。一栋白色、别致的三层小院静静地矗立岸边。它仿佛已经在那里等待了很久，如同一位沧桑的老人，静静地看着流水的翻涌、感受着光阴的变迁；又如同一个稚气未脱的少年，安然地被那抹深绿色的玉带包裹。在那里，我见到了身着一袭白裙的丽媛。

丽媛早早地等在院落门前迎候我们这群人。她衣着素净，脸上表情温和，仿佛已经没有什么烦心事能扰动她的心弦。我想，这或许就是长久远离喧嚣尘世、醉心于山水所练就的善果吧。

跟着丽媛来到一楼拐角处的茶室，紫檀色的茶具彰显着它作为主人必备物品的权威。青绿色的茶水缓缓在茶台淌开，又漏下稀疏的木条纹，一条一条，一滴一滴……古雅的茶香便在空气中弥散开来。

我在丽媛的对面落座，她娴熟地泡茶、倒茶，轻声细语地和我们聊着过往的经历。原来，曾经丽媛也是一位颇有成就的女强人，大学毕业后在大连的一家日企担任翻译，领着年薪不菲的工资，是普通人眼中难以企及的白领。坐在办公室里不用风吹日晒，所有人都认为她应该安于这庸碌却能给她带来丰厚物质生活的工作，可是她干得并不开心。渐渐地她在这些烦琐、重复的工作中丢失了自我，健康也出现了问题，于是开始寻求解脱之法。丽媛向公司请了一年的长假，游山玩水，让自己置身于广阔天地……一段时日后，她的心平静了不少，忙碌的步伐终于能够停下来。就这样，她停在了桂林静谧的山水间。

丽媛租赁下东江边一栋年久失修的民宅，几番装修后，将它打造成自己心悦的模样，用来安放一颗不羁的心。她将工作和修行合二为一，开始过着简单充实的生活，在自由的时空里感悟四季轮回，赏花开花落，看云卷云舒，体察周遭人际的跌宕起伏、静观心灵的奇妙变幻。

丽媛的"原点心宿"与别的民宿有点不一样。这里随处可见"身心灵"的标志，瑜伽、禅舞、古琴、茶道完美地结合在一起。此外，这里还不定期举办各种读书活动，让读书爱好者有了一个安静休闲的绝佳去处。静坐室内，透过洁净的玻璃窗，看室外竹影摇曳、飞鸟雀跃、水天一色，美好的感觉从心底缓缓滑过，日子过得逍遥自在。也因此，"原点心宿"成为众多女性朋友休闲聚会的理想之地。

"五一"小长假，丽媛开着自己的爱车，载着我和另一位朋友一同前往百公里外的宝鼎里山森活营地。一排排丰茂的水草、一片片参耸入云的树林，旷野上阳光和野花自在跳跃。行走于山间湖畔，看着阳光雀跃在枝头的古榕树，心灵仿佛获得了一场洗礼。我们不禁感叹，这才是人间值得过的生活，生命在其中，仿佛不再受到尘世的束缚，回归大自然的怀抱，我们在拥攘人群中的不安心灵也获得了片刻抚慰。

岁月不停变迁，或许，总有一些东西是不会变的，比如眼前的这些风景。岁岁年年、春去秋来，它们都遵循着大自然固有的规律花开花落，既是那样的静谧美好，又令人感受到生命的鲜活与灵动。

　　弯弯曲曲的村道四周是暮春泛青的稻田，白色外墙的农家小院不时映入眼帘，墙角门前还挂着淳朴村民晾晒的辣椒和玉米，红黄相间，昭示着自给自足的农耕生活。继续往前走，约莫20分钟后，一处挂在山腰的瀑布赫然现于眼前。沿陡峭的石壁铺天盖地倾泻而下，宝鼎瀑布如白练悬空，点缀在青山绿水间，煞是壮观。明代旅行家徐霞客当年到此走访后，在游记里描绘该瀑布"悬崖飞溅，长如布，转如倾，匀成帘"，想必说的便是这样的胜景吧。湍急清澈的水声，让我们有一种身处雨中世界的感觉，又好像躺在江河上的一艘小船中，"画船听雨眠"，只不过诗中的雨是江南的雨，我们听到的雨则是桂北长瀑快活的倾诉——倾诉着它独自在这山野间，看过了多少灵物的浮沉运转……

　　赏毕壮观的宝鼎瀑布，在崎岖不平的山路上，碰到一辆拉货的皮卡车。司机皮肤黝黑，眼睛闪亮如宝石，跳跃着仿佛从未被污染过的纯洁的光。在听说我们要前往还在两公里外的里山森谷时，他热情地邀请我们三人上车。又是一段山路颠簸，透过车窗往外看，一面是陡峭的山崖，一面是绿色的梯田和淙淙的溪水，不时吹来山谷清凉的风，令人心旷神怡。一番交谈，得知司机肖建已经在这里生活了一段时间，平时忙完了手头上的活儿，便会开着车四处转悠，遇到外来迷途的游客，顺便也捎上一程，听听来自五湖四海的故事。我笑说，这倒是桩便宜的买卖，不用付钱就能够听书。他笑着反驳："但我也付出了时间呀，不过这种交换很值得。"有那么一刻，我怔愣地看着他，失了好一会儿神，或许在那些故事的滋养下，肖建身上产生了明显的灵性。这种微妙的感觉，在与他的谈笑风生中，偶尔会释放出来。是呀，生命不就在于体验和交换吗？灵魂的碰撞，让一个人的生命有了更蓬勃、更鲜活的力量。

黄娟，一名营地的投资人兼总规划总设计师。第一次与黄娟的见面是富有戏剧性的。那天，她身穿黑色运动服，手里拿着一把湿湿的酸豆角和一块黑不溜秋的腊肉，身边两只大黄狗形影不离地跟着她跑上跑下，丝毫看不出她"体面"的身份。原来，在得知我们要来看里山森谷后，她早早便去附近的农户家买了地道的农家腊味来招待我们。饭后，手里捧着醇香的咖啡，欲言又止的我终于提出了萦绕在心头多时的疑惑："作为一名资深设计师，你是怎么做到这么不执着于外表的？"黄娟豁然一笑，解释道："当一个人执着于追求心灵的纯净，便没有那么在意外物了。"的确，这些年来，她常常这样"不体面"地行走在山水间，扛着土特产，一步一步，用脚步丈量天地，在鸟鸣听闻中体味生命的本真，在山涧静坐中与灵魂对话。

多少个寂静的夜晚，黄娟和她的团队围坐在火炉旁，描绘着里山森谷的未来愿景：12栋推窗见景的小木屋民宿，闲坐在露台抬头即见满天星，低头可看成群的蚂蚁列队搬家，供锻炼身体的攀岩装置，能陶冶情操的大地美术馆……他们希望这些构想落地成真，有一天能点燃乡村孩子的纯真梦想——走出大山，看看外面精彩的世界。而今，这些曾经只能在脑海中构建的画面，正慢慢地像碎片一样呈现在我们眼前。不久，这些碎片会拼凑成一幅更加美丽的画面，是山水画，更是人文画。在画里，孩子们在旷野上自由奔跑，尽情欢笑，忘却了人间所有的烦恼。而这一切的美好缘于早年的黄娟，她放弃了稳定的大学教师铁饭碗，勇敢地追求自己的梦想。

听完黄娟的话，我的心中一股敬佩之情油然而生，原来，山水的魅力竟如此之大，它能让留存其间的人都变得纯粹与温善起来……

入夜时分，山里气温低、雾气重，我们都换上了随身带来的厚外套，在民宿里继续有一句没一句地聊着。茶水续了又续，话题换了又换……屋外的溪水潺潺流着，似乎在颂唱着千古的故事。当年徐霞客寄宿的古庙已不见踪影，只留下一方废弃的夯土，长满参差不齐的山花野草，仿佛昭示着岁月的流逝，给人带来深沉的幽思。

我们常常追问生命的意义在于什么，我想，或许就在于此吧——寻一方安稳地，求一份心灵的平静。这些年来，工作之余，我常常行走于山水间，结识了不少民宿的主人，其中大部分为女性，她们对自己有着极高的审美要求，对未来有着很好的远景规划，希望在有限的生命里能遵从自己的内心，过上自己想要的理想生活，活出真我的风采。终于，她们在这些古朴的、融于自然的民宿中寻找到了灵魂漂泊的落脚之地；终于，她们渴盼的生命在山水之中得以完美绽放。

愿每个人都能找到自己的心之所向，迎来生命的绽放时刻，如同阳光一般，闪耀出纯粹而蓬勃的生命之光。

父亲的教诲

"文化大革命"第二年，端午节的前一天，我悄无声息地来到了人间。

我家住在桂北资江边的一个小山村，我的父亲是一名退伍军人，当时还是村里的党支部书记。在我出生前的半年，长期患病的奶奶和叔叔同时过世，堂屋里摆放着一老一少两口棺材，悲伤的气氛笼罩了一切。我的出生，给笼罩在暗夜中的家里带来了一线生机。

十年"文化大革命"的阴影沉重地笼罩着神州大地，母亲被迫离开自己心爱的纺织岗位，到离家十几里外的乡下劳动，年幼的姐姐被寄养在外婆家，我们靠着舅舅一家的接济度过艰难的岁月。

一双原本纤细的手，突然要拿起锄头种地开荒，对于出生在富农家庭、从小十指不沾阳春水的母亲来说，不啻晴天霹雳。看着她挑着一担秧苗，走在狭窄的田埂上东倒西歪的样子，村里的妇人在远处指指点点，看她的笑话。可要强的母亲并没有被困难吓倒，她反复练习如何把一担重重的秧苗放在肩上不溜肩，同时双脚还能健步行走……就这样，雨里来风里去，母亲逐渐适应了乡下繁重的劳动和生活，干起农活来也得心应手，从此堵住了村里人爱嚼舌根的嘴。

寒冷的冬天一到，滴水成冰，母亲便跟着父亲爬上自家的山林地伐木，深一脚浅一脚地和父亲抬着长短不一的杉木下山。由于上肢力量不够，她经常摔得青一块紫一块的，晚上回到家里，就用外婆教的土方子把在野地里采来的草药捣碎敷在瘀青的地方，以舒筋活血。如果父亲外出开会不在家，母亲就独自上山砍柴、背柴。那瘦弱、单薄的身躯在齐身高的草丛中踽踽独行，既无奈又无助。在我童年的印象中，似乎很少见母亲闲下来，她总是天刚蒙蒙亮就扛着锄头、镰刀、畚箕下地干活。傍晚，月亮星星探出了头，天空有如晕染一般，母亲娇小的身子或担着一捆柴，或背着一篓新鲜蔬菜，在苍茫的夜色里步履蹒跚地返回家中。

作家余华曾说，生活是那么的强大，它时常在悲伤里剪辑出欢乐来。山村的傍晚，当晚霞消退之后，灶台前的炊烟升起，忙碌了一天的庄稼汉子便会让自家的女人找出半碗花生米，在铁锅里噼里啪啦地爆炒，趁热舀上来端放在四方桌上，供他们当下酒菜。在物资匮乏的年代，解决温饱后，能在自家的八仙桌上喝点小酒解闷解乏，是不少农村家庭的奢求。母亲也总是变着法子改善家里的伙食，用她那过人的智慧和灵巧的双手，让简陋的厨房不时飘出沁人心脾的菜香和酒香。

邻居家有七八个孩子的，缺衣少食，打架、争吵是常有的事。大哥彼时已成家，家里就我一人上学，有父母亲的精心呵护，在充满浓浓的烟火气里，我度过了童年和少年'波澜不惊地读完了小学、初中和高中。渴望走出大山、用知识改变命运的愿望始终流淌在我的心间。我也希望自己像父亲一样能成为一名共产党员，用自己微薄的力量撑起一片蓝天，造福家乡和社会。

1986年暑假的一天，当我拿着大学录取通知书跑回家时，整个小山村都沸腾了。远方的亲戚、近处的叔伯带上十元八元的红包前来祝贺，家里的堂屋顿时热闹起来，可母亲一一婉拒了大家送上门来的贺礼，只收下他们祝福的话语。

父亲帮我打点好行装，陪我一起坐大巴去桂林火车站，让我自己再乘坐绿皮火车到南宁报到。在前往桂林的途中，父亲语重心长地嘱咐我："一定要珍惜这来之不易的学习机会，我们家祖祖辈辈都面朝黄土背朝天，就出了你这么一个大学生，到了学校，一定要听老师的话，争取早日入党，成为一名光荣的共产党员！"

　　鏖战高考的日日夜夜，白天要认真听课，晚上还得在刺眼的日光灯下复习功课，即便被蚊虫叮咬也要坚持到深夜才就寝……终于拿到了大学录取通知书，我心想，好不容易脱离了苦海，哪里还管入不入党的事。见我面无表情无动于衷，父亲便竹筒倒豆子般把自己入党的故事讲给我听。

　　战火纷飞的年代，家里揭不开锅，吃了上顿没下顿，为贴补家用，爷爷穿着一双草鞋，拿着一根扁担向东走出村口，从兴安挑盐巴回资源来卖。那一年，湘江两岸炮声隆隆，血流成河，爷爷从此杳无音信，连具尸首都找不到。父亲后来也被国民党抓了去当壮丁。想到奶奶在村口翘首以盼，想到一家老小的生活难以为继，一个月黑风高之夜，父亲偷偷跑了出来，徒步百余公里，终于回到了家乡石溪。

　　20世纪50年代，桂北三江一带掀起一阵剿匪浪潮，父亲报名参军，成了一名光荣的解放军战士。在部队大本营里，父亲学会了认字，增长了不少见识，因作战勇敢，还在前线火速入了党。后来解甲归田，父亲成为村里少有的几个"文化人"，也就顺理成章地当上了大队支部书记。

　　到学校报到并安顿下来后，我早就把父亲的话抛到了九霄云外，每天只想着把要做的功课做完就万事大吉，将入党的事忘得一干二净。

后来，大学毕业回到家乡，我在三尺讲台奉献了三年青春后，因向往外面精彩的世界，又继续考取了广西大学新闻系研究生。

当年，我报考的那届研究生只有五个同学——两女三男，他们分别来自不同的地方。我和先生是先结婚后读研究生，为了照顾我俩，学校特意分了一间靠边的宿舍给我们，这让其他同学很是羡慕，我也更加珍惜这来之不易的学习机会。这时，父亲当年说过的话开始在我脑海里萦绕，他多次为了群众利益而舍己忘我的高大形象也让我心生感动。记得有一年夏天，一道闪电划破漆黑的夜空，紧接着暴雨倾盆，河坝决堤，洪水泛滥，父亲担心生产队的农田水利设施被冲毁，深更半夜二话不说便穿好雨衣、打着手电筒，朝三公里外的山间水渠奔去……想到这里，我渐渐产生了向党组织靠拢的想法。开学不久，我就向党组织递交了入党申请书。经过一年的严格考察，我光荣地成为一名中共党员。

1996年6月，自治区党委宣传部干部处派人到广西大学新闻系物色硕士毕业生，我有幸被选中。当我兴高采烈地去报到时，干部处的同志却遗憾地告诉我，本来想安排我到新闻出版处工作，但由于现在这个岗位已安排了别的人选，于是问我愿不愿意去宣传部的下属单位——广西支部《生活》杂志社工作。想到自己是一名共产党员，哪里需要就去哪里，我二话没说便爽快地答应下来。

从一名普通的记者、编辑干起，起早贪黑，在日复一日、年复一年的写稿、改稿工作中不断成长，我收获的不仅是一摞摞厚重的大红获奖证书，还有丰富的生活阅历和人生智慧。七年后，我被提拔为杂志社副总编辑。后来，全国性地方刊物整顿合并，我又调到自治区党委机关刊物《当代广西》杂志社工作；两年后，担任社党群人事部主任。2009年7月，我被调回自治区党委宣传部新闻出版处工作，也算是圆了当年自己一个未遂的心愿。

多少个夜晚，南湖桥畔华灯初上，星光璀璨，当别的办公室早已熄了灯，我和处里的同事还在挑灯夜战修改方案、起草文件。一次，因为临时接到任务要加班，回到宿舍，已是半夜两点多钟，保安早回去睡觉，大门也给牢牢锁上了，院子里静悄悄的漆黑一片。我只好把裙子撩起，像个男子汉般爬上高高的铁栅栏，然后纵身一跳。待站稳一看，裙子后背已撕开了一条长长的裂缝……

每逢节假日，当别的同事愉快地带着家人外出游玩，我还在加班加点拼命修改并完善各种活动方案。从早到晚，忙忙碌碌，身虽疲累，但作为一名共产党员，我的心里还是倍感自豪的，毕竟不是每个人都能有为自己所热爱的工作拼搏耕耘、为党和人民默默奉献的机会的。

时光荏苒，光阴似箭，跌跌撞撞一路走来，有过欢笑，有过泪水，更多的是感恩和欣慰。在繁忙的工作之余，我始终坚守一颗矢志不移的心和一股积极向上永不言败的精神。即便周围的同事、朋友都如愿以偿升职加薪，自己依然在原地踏步，也不忘继续勤奋耕耘，活出每个生命阶段该有的风采。

正如保尔·柯察金所说的——"人，最宝贵的是生命；它，给予我们只有一次。人的一生，应当这样度过：当他回首往事时，不因虚度年华而悔恨，也不因碌碌无为而羞愧"。如今，已过知命之年的我，从不后悔自己当初的选择，也为自己是一名共产党员而感到无上的光荣。

不恋过往，不惧当下，不畏将来，我将继续在前行的路上追逐自己那未尽的梦想。

一生的暖阳

掐指算来，母亲在这个纷繁的世界已度过近一百个春秋。这位老人，她目睹过战争的硝烟，经历过人世间惨烈的残杀、亲人离去的悲痛，也见证过时代的更迭与变迁……从懵懂童年到青春少年，再到为人妇、为人母，直至耄耋之年，乐观而坚毅的母亲在越城岭脚下资江边的一个小小村落里，过着她日出而作、日落而息的平凡日子。

做儿女的总会牵挂年迈的母亲，每次打电话回去，母亲那开心爽朗的声音，张家长李家短地站着也可以聊上半个小时，让远在千里之外的我消减了些许不安和担心。

早在三年前，我就有了请保姆照顾母亲生活起居的想法，可一向要强的母亲硬是不同意，她反复强调只要自己能走动，头脑清醒，就不用他人来照顾。她还言之凿凿地说，如果请来的保姆好吃懒做、惹她生气的话是减她的寿，不划算。

　　母亲一生命运多舛，她先后结婚两次，多次流产，只有我和姐姐两个孩子存活了下来。姐姐是母亲和前夫生的。当时他们夫妻两人都是工厂的工人，生活有保障，一家三口其乐融融。后来，母亲和蒙冤入狱的前夫离婚，从小不沾家务的母亲把年幼的姐姐交给外婆抚养，自己单枪匹马被迫到乡下接受劳动。母亲白天忙农活，傍晚散工后要赶几里山路回娘家看望幼小的女儿。母亲最小的弟弟心疼她，于是介绍在县城附近的大队支部书记的父亲跟母亲相亲。一个已离婚，一个刚丧偶不久，母亲和父亲认识后，为了共同扛起生活的重担，照顾一家老小，很快组成了新的家庭。母亲随之把户口迁到乡下，从此在萧家拉开了她下半场人生的序幕，以瘦弱的身躯撑起一个六口之家。我唯一的叔叔去世得早，婶婶改嫁后，母亲看着年幼的堂哥一人孤苦伶仃，不忍心让他独自生活，于是变卖自己带来的细软，将他带到我们家一起生活，勒紧裤腰带节衣缩食供大哥和堂哥上学。母亲从不吝啬，每年青黄不接的时候，她就会打开那个厚重的红漆木箱，从夹层的首饰盒里抽出几张皱巴巴的十块、五块纸币，让急需救济的亲戚拿些回去以解燃眉之急。看到他们略微舒张的笑脸、快步离去的背影，年少的我会在心里埋怨母亲为什么不拿这些钱来帮我买新衣服、新鞋子。有一年春节，我们驱车回老家过年，一位远房的表姑不畏严寒，踩着深一脚浅一脚的积雪大老远来到我们家，为的是给我们家送一箱鸡蛋、一只老母鸡。她说母亲当年没少接济她，如今生活富裕了，大家都不缺衣少食，一定要我们收下。我这才终于体会到母亲当年助人之举背后所蕴含的真情。

生活是复杂的，也是艰辛的，但勤劳的乡亲们时常会从悲伤里剪辑出欢乐来。山村炊烟袅袅的傍晚，人到中年的母亲时常会变着法子改善家里的生活，用她的智慧和灵巧的双手让简陋的厨房不时飘出沁人心脾的菜香和酒香。每逢一些重要的传统节日，母亲会包粽子、酿甜酒、做糍粑、包汤圆，让我们也能吃到地道美食和特色小吃，给我的童年留下美好的味觉记忆。

随着岁月的变迁、年岁的增长，堂哥也越来越多愁善感。少年的堂哥个子蹿得高，相貌俊朗。孤独寂寞时，他会躲在一间狭小的暗黑屋子里，拿起自制的竹笛吹上一曲短歌。母亲干完农活恰好经过时，就会站在屋子外静静地听他吹，她不时眉目紧锁，眼含热泪，那竹笛声哀怨悠长，像是思念那个撇下他远嫁他乡的母亲……

后来，姐姐跟随出狱后的父亲一起生活，高中毕业后被分到偏僻的湘桂交界的梅溪乡当了一名商店售货员。那时我才刚上小学一年级，姐姐偶尔回来看望母亲，带给我一双尼龙袜或一件的确良衬衫，我便高兴得睡不着，盼望天快点亮，好让我穿上新衣裳，让同伴们投来羡慕的眼光。在乡镇工作了两三年之后，经好心人的撮合，姐姐嫁给了县城一个饭店经理的儿子。从乡下到县城，姐姐融入了姐夫一大家子的生活，从此衣食无忧，母亲悬着的心这才落了地。

在我成长的记忆里，父母从早到晚都在为生活奔忙。生产队出工那会儿，父亲早早便去山上割草喂队里集体养的牛，母亲则和其他社员到离家几里远的山地里种菜。贪睡的我直到太阳透过玻璃窗斜照进来，才赶紧爬起床来淘米做饭。我提着个木桶，趿拉着拖鞋去相隔不到五十米的水井取水。一路跌跌撞撞，回到家时，常常只剩大半桶水。踮起脚跟倒入伙房一角的大瓦缸里，然后我便坐在小凳上，守着灶膛里喷涌的火苗，等着母亲回来炒几个小菜，打发一天中最不重要的早餐。

因为与哥哥、姐姐的年龄相差大，童年的我是孤独的，缺少玩伴。隔壁的堂叔一家连着生了八个小孩，吃饭的时候，齐整地坐满一大桌。单是辣椒、咸菜拌饭，他们就能吃个底朝天，一粒米饭都不剩。有时，为了争抢一根玉米、一个鸡蛋、几颗花花绿绿的纸包糖，几个小孩扭在一起打架，鼻青脸肿是常有的事。童年的我很羡慕别人有兄弟姐妹打架的乐趣，而我们一家人丁稀少，大哥早早结婚另立门户，二哥也结婚得早，在叔叔留给他的那间老屋里生儿育女，过着一家四口拥挤的小日子。母亲嫁到萧家后，因祖辈留下的房屋分家后不够住，便与父亲商量，有了在原有的宅基地旁重新量地建房的打算。

寒冷的冬天，母亲跟着父亲上自家的山林地伐木，和父亲抬着长短不一的杉木，深一脚浅一脚下山，经常摔得青一块紫一块。当村支书的父亲不在家的时候，母亲也会独自上山砍柴。她黑亮的长发飘肩，那瘦弱单薄的身躯在寒风中独行，在齐身高的草丛中若隐若现……

记得初三那年暑假，当我扛着行李从学校返回家时，发现原先破旧的老房子不见了，眼前是一栋两层木板结构的楼房，那一刻，我的眼泪禁不住顺着面颊流下来。多少个日日夜夜，母亲和父亲相对而坐商议盖房子的事。他们丈量土地面积，打土夯基，扛瓦上梁，憧憬未来；他们希望偏僻的村子里能飞出一只美丽的金凤凰，来堵住村里长舌妇们泼向母亲恶毒的言语，以纾解她那被村人嘲笑生不出男孩的郁郁心结。

20世纪80年代中期，我拿到大学录取通知书。后来，大学毕业回到家乡，在三尺讲台奉献三年青春后，因向往外面精彩的世界，我打着哈欠挑灯夜读，又考取广西大学的研究生，在广西南宁开始人生的二次漂泊，和自己心爱的人开启新的生活。在锅碗瓢盆和油盐酱醋茶中日复一日以"码字"为生，以文为友，感悟人生的无常，丰盈自己时而脆弱时而坚强的内心。

女儿呱呱坠地，母亲和父亲从老家坐长途大巴赶来。走进家门看到襁褓中那张粉嘟嘟的小脸，已过花甲之年的父母露出了欣慰而慈祥的笑容。母亲通常在哄了女儿入睡后，手脚麻利地为我们拖地洗衣，做饭做菜。父亲则戴着黑色的老花眼镜，端坐在阳台的书桌旁，一边读着我带回来的报纸，一边用圆珠笔把重要的东西抄写下来，打发闲暇时光。他偶尔也会走到南湖桥头，在中午刺眼的阳光下，远远地看着我上班的那栋大楼，想象着进进出出的人群里有他熟悉的女儿的身影……

天有不测风云，人有旦夕祸福。牙牙学语的女儿刚一岁半，有一天晚上，吃过饭不久，父亲说身体不舒服，便在床上躺下休息。大约半个小时后，父亲因突发脑血管破裂，不治身亡。虽然当时我发现情况不妙立即叫了救护车，但也无济于事。这突如其来的不测让我们一家人深感痛心与不舍。目睹父亲突然离去的母亲悲伤不已，料理完父亲的后事，她强忍悲痛，继续留下来帮我照顾小孩。母亲每天忙忙碌碌，把家里打理得井井有条，让我和先生安心上班，不因父亲的离世而影响工作。

女儿上幼儿园后，家里一下子清静了许多，日子变得特别漫长。闲不住的母亲找来老家的一些旧衣旧裤，拆开洗净，做成一双双鞋垫。每天忙完家务，她便下楼到小区花园的亭子里，一边和其他老人聊天拉拉家常，一边穿针引线纳鞋垫。密密麻麻的针脚一字排开，凌空绽放的花朵、展翅飞翔的小鸟、鲤鱼跃龙门……各式图案一应俱全。女儿从幼儿园到高中用的鞋垫装满一个大抽屉，红的、蓝的、绿的、白的。五颜六色的针脚，让人眼花缭乱又泪眼婆娑。深深的爱、浓浓的情，全都凝聚在这一双双层层叠叠、色彩斑斓的鞋垫里，母亲把心中美好的祝福融入生活的点点滴滴，寄托她对儿孙殷切的爱与希望。

女儿读到小学五年级后，已经可以自己搭乘公交车往返，省却了我们接送的麻烦。也许是思乡心切，也许是想叶落归根，也许是不愿再增加我们的生活负担，年近八十的母亲提出要回老家养老。为了顺遂她的心愿，我和先生驱车千里送母亲回到阔别已久的老家，让她在这个她熟悉的地方安度余下的岁月。

先生扛着锄头铲除老屋周边的杂草，里里外外打扫一遍，置办了一些母亲必需的生活用品。母亲在萧家村开始了独自一人的居家养老生活。门前一块四方形的小菜地，在母亲的精心侍弄下，一年四季瓜果蔬菜轮番登场。几只老母鸡常年有虫子和青菜果腹，长得敦厚壮实，鸡蛋下得勤快又好吃。母亲把吃不完的蔬菜和鸡蛋拿去送给邻居们，跟他们一起分享自己的劳动果实。每年春节，我们在老家度过几天慵懒的日子，准备驱车返回南宁，车尾箱早早便塞满了母亲养的鸡、种的青菜以及她亲手腌制的腊肉、腊鱼，让久居闹市、习惯了在城市森林里穿梭的我们平添了几分乡村质朴和幸福生活的乐趣。

山村的生活宁静而充实，母亲挺满意自己晚年的生活，她常常挂在嘴边的一句话是："吃不穷，穿不穷，没有计划一生穷。"母亲用自己全身心的努力和付出，去践行这句话，扛下了生活中所有的累和苦、喜和忧，为或远或近的亲人撑起一片广阔的天。

独处的生活难免会有磕磕碰碰的时候，可每次母亲在电话的那头总是报喜不报忧。一次，她搭乘表姐夫的私家车上街买东西，车子上坡时打滑侧翻，母亲的右手受伤骨折。怕我们担心，她硬是忍着疼没有告知，只让侄儿带着她在当地的私人诊所敷些中草药就算完事。还有一次，闲不住的她独自去不远的山上摘果，不小心从高坡滚下来，身上摔得青一块紫一块，自己便干脆在山上采些中草药敷上几天，稍好点就又去整她门前的菜地了，对自己摔伤的事只字未提。

无论我走得多远，生活有多么的不堪，内心有多么的煎熬，前途是多么的未卜，只要能听到鲐背之年母亲温暖亲切的话语和她爽朗的笑声，所有的委屈、不快、沮丧和痛苦都可以化成天边的一缕云烟散去。因为，我一想到母亲心中自有一片艳阳的天、一束温暖的光，点亮日复一日、年复一年的平凡岁月。

母亲的菜园

  过完八十大寿，身体还算硬朗的母亲执意要回老家养老。虽然老家那个与她相伴了几十年的父亲于十年前已化作云烟，去了天堂，而儿孙们也都忙于生计，无暇照顾老人，但落叶归根的想法在母亲心底由来已久，任凭我如何劝说，皆无济于事，最终还是送她回乡下定居。

  老家砖木结构的房子坐落在桂东北一个宁静的小山村。屋后是山，房前有清澈的溪水流淌。放眼四周，绿树婆娑，竹叶摇曳，错落有致的丛林不时会冒出松鼠灵动快捷的身影，偶尔也会传来几声悠长清亮的鸟鸣声，胜似天籁，百听不厌。

  记得年少时，每当春天的脚步临近，母亲娇小的身影便时常出现在房前屋后的菜园里。菜园不大，十来个平方，呈正方形，四周用竹篱笆围起来，以防牲畜家禽潜入。在母亲的精心照料下，菜园四季郁郁葱葱。修长的豆角、绒毯般的韭菜、胖乎乎的黄瓜、翠绿的香葱和碧绿的萝卜……各种蔬菜被母亲的一双巧手装点得色彩绚丽、鲜活生动。

母亲回老家住下后，每逢节假日，我们兄弟姐妹便回老家与母亲团聚。在晨起的炊烟迷雾中，大地已苏醒，只见满头银发的母亲又换上劳作的粗布服，穿上胶底平跟鞋，轻轻抡起铁铲，前往她那块自个儿的"领地"。母亲佝偻着腰翻着脚下的泥土，拾起不时钻出泥土的蚯蚓，将它们放入一旁的小瓦罐里，那是母亲专门留给自己养的几只母鸡的美食。泥土翻新平整后，母亲便撒上些许农家肥。等晾晒几天后，母亲再把从街市上买回的各种菜籽撒在上面，盖上一层薄薄的稻草。过了十天半个月，地里就会冒出成片的绿芽。

天气晴好的时候，母亲揉揉因患白内障而朦胧的双眼，推开菜园虚掩的木栅栏，俯身看着眼前的一片嫩绿，松皱皱的一张老脸便笑开了花。

接下来的日子，母亲除草、施肥、剪枝、拔出浓密的幼苗再移植……忙得不亦乐乎。一切都打理好了之后，母亲便开始耐心静候自己劳作的成果。一天天过去，辣椒渐渐开出白色的花，黄瓜慢慢结出嫩绿的蒂，丝瓜、南瓜藤上长出的黄色花蕊常常引来飞舞的蜜蜂陶醉其间……母亲每天都要去菜园看看，在瓜架豆棚间反复流连，百看不厌。

收获季节悄然而至，电话那头便传来母亲开心的声音："今年的瓜菜长势很好，大家回来有口福了！"等我们回去，母亲就真的从菜园子里摘来新鲜的蔬菜，做了满满一桌子赏心悦目的菜肴给我们尝鲜。

除了让我们这些儿女品尝，给我们带上几大袋揣进车子的后备箱，母亲还会将吃不完的瓜菜扎成捆分送给左邻右舍。每当看到这情形，我不禁想起画家、诗人蒋勋在台湾乡间池上闲居的日子：早上打开大门，一篮子新鲜水灵的瓜菜突兀眼前，叫人顿生感动，喜上眉梢……

若是得知老家有亲戚要去城里，母亲还会设法托他们带些来给我们品尝。看着这些用母亲的心血和汗水种植出来的蔬果，我的心情如明媚的阳光，思乡的愁绪也涌上心头。

得知中秋连着国庆长假我们一家三口要驾车返回老家的消息，母亲着实又高兴了一阵。人还没回到，她已兴高采烈提前打点好给我们捎回城里的东西。母亲先是去她的菜园里小心翼翼地摘下碧绿、宽大的芋苗，将叶子洗净，用刀把芋苗的长茎切成丝，再用簸箕盛着，拿到院子里反复晾晒，等彻底晾干后，才用保鲜袋严严实实地装好。母亲还会挑选出颗粒饱满、没有缺损的黄豆洗干净，用水浸泡几个小时，煮熟，腌制好，晒干后也将它们一同装进干净的玻璃瓶。这样还不够，母亲还将菜园里品相好的红萝卜、白萝卜都采摘下来，然后切成条状，一起泡在透明的玻璃坛子里，红白相间，看起来清清爽爽，让人食欲倍增。

回到喧嚣的都市，远离村舍旷野，行走在钢筋水泥托起的丛林上，每天在超市或农贸市场一遍遍费尽心思辨认是不是转基因食品……回望故乡，看着母亲给我们那一袋一瓶一坛的蔬果，是满满的乡愁和无尽的思念。

母亲的菜园，早已不只是种菜那样简单，它更多地承载了母亲的精神家园和对我们儿女的惦念。母亲用自己喜欢的方式过着自己的晚年生活，一年四季在小小的菜园里辛劳耕耘，为的是强筋健骨少生病，让儿女们没有过多的牵挂，能够安心地在外打拼，能够无挂碍地迎接工作与生活的各种磨难和挑战，这或许就是天底下最无私、最朴实的母爱了。

年　味

日子就像一片树荫，看不见它移动，想抓住它却不能。转眼间，一年又快过去了。

离过年还有一些时日，远在老家独居的母亲拨打我们留给她的电话号码，捎来期盼我们回去的乡音：腊肉、腊肠、糍粑和血粑豆腐早已做好啦，六只喂养了近一年的母鸡早开始下蛋，白里透红的鸡蛋层层叠叠装满了小小的木桶……

阴历腊月二十九，我们一家三口带着母亲的嘱咐，跟随着一年一度如同潮汐一样的候鸟式大迁徙队伍，奔驰在桂海高速公路上。历经长途跋涉，傍晚时分，终于回到了魂牵梦绕的故乡。母亲早在家门前的那条熟悉的小路上引颈眺望多时，见我们的蓝色车子缓缓驶进院子里，她悬着的一颗心才终于放下。

打开车辆尾箱，母亲站在一旁，不停询问年货里有没有准备她交代过的几位年长族亲的份儿。大姑妈年过九十，双目失明，要上门看望；三叔上周赶集时，人老眼花摔了一跤，掉进干枯的河床，腿脚骨折，要去探望；小叔不久前做了开颅手术，要去问候；年过六旬的二表姐前些年儿子媳妇双双遭遇车祸不幸遇难，自己独自带着孙子生活，虽被列为低保户，但生活艰难，要去接济一下；三表姐精神失常，被老公家暴，也不能不管……礼物有限，除去要送的，留给母亲的所剩无几，正当我们犹豫之时，母亲甩了甩手，宽慰地说："送去，都送去！我每月有养老金，够用，不用担心。你们能回来，对我来说就是最大的快乐！"

一眨眼工夫，母亲就将热腾腾的饭菜端上了四方桌。吃着母亲做好的饭菜，品尝熟悉的味道，儿时一家人围在桌前吃饭的温馨场景又历历在目。鼻子一酸，原来，不管离家多少年，心里仍埋藏着一份吃过就忘不了的味道，那是属于母亲的味道。

十五年前，父亲突发脑出血在省城突然去世，我们连夜找车将他送回了故乡，安葬在屋后那个小山坡上。父亲离世时，女儿才牙牙学语，家里没有条件雇请保姆，母亲便不辞辛劳从家里赶来帮我照顾女儿。洗衣做饭，拖地清扫，她一人全包完，为的是让我和先生安心上班。等女儿稍大时，不再需要母亲的看管与呵护，她像完成使命似的执意要回老家养老，实现叶落归根的夙愿。十年过去，母亲用她勤劳的双手，经营着老房子前这块小菜园，经营着一个人独居的日子，整天乐呵呵的，过得知足、祥和。

晚饭过后，母亲执意自己将碗筷洗刷干净，才肯坐下来围着火炉跟我们聊天。记忆的闸口一打开，母亲便滔滔不绝。张家长李家短的陈年旧事经她绘声绘色一说，不时触动我们的心弦，激起片片涟漪。夜深了，向来早睡的母亲意犹未尽，谈兴正浓，我静静地听着，柴火噼啪作响，无声地映红了母亲一头的银发，沐浴在母亲洋溢着慈爱的笑容里，我倍感幸福。

除夕当日，母亲一大早便到屋前的菜园里忙碌起来。她弯着腰，割下一兜兜白里泛青的大白菜，又采摘下一丛丛青白粉嫩的葱蒜，熟稔地装入竹篓。看来，母亲又开始忙活摊煎饼了。记得小时候，每到除夕的早上总能吃上母亲摊的煎饼，煎饼卷青菜炒鸡蛋，实在是香啊！那个味道，现在单是想想，就能让我流口水。

不远处红漆大门的堂屋里，是我和先生的天地。我在一旁磨墨、洗笔、裁纸，字斟句酌。先生多年不辍的习书此刻派上了用场，只见他挥毫泼墨，一气呵成，没有丝毫的停顿，几副透着墨香的春联很快出炉。女儿将春联吟出："门前水淙淙四季平安，屋后山翠翠八方聚财——"在厨房灶台一旁忙碌的母亲听后连连直夸:"好对子,好对子!"

临近中午,母亲撒一把陈米,大声吆喝一声,几只黑母鸡立刻从远处飞奔而来。母亲瞅准正在啄米的大个子精确下手,顷刻间,大黑母鸡就死死地落在了母亲手里。母亲左手掐住鸡的双翅,右手麻利地扳过鸡头,用锋利的菜刀"咔嚓"一下,黑母鸡躺在地上挣扎着滚动几下,便一命呜呼,没了气息。接着烧水、拔毛,母亲忙得不亦乐乎。

午饭刚过,外出广东打工的孙侄女、在县城经营日用杂货生意的侄儿一家提着大包小包的年货都赶回来了,每个人的脸上都洋溢着过年的喜悦。夜幕降临,家家灯火通明,电磁炉上滚烫的火锅冒着升腾的蒸汽,丰盛的佳肴摆满了饭桌。鞭炮骤响,当一家老少四代齐聚一堂共同举杯时,母亲脸上笑开了花。

团聚的时光过得飞快,我们返程的日子到了。跟我们回来时一样,车子的尾箱又装载了满满当当的东西,那是母亲辛苦喂养了大半年的两只健壮黑鸡、年前精心熏制的腊肉、腊肠及鲜炸的豆腐干,连夜装的一罐又一罐的黄豆、花豆、荷包豆,一大早采摘的大白菜、萝卜、葱姜蒜……当车子徐徐启动,母亲小步跑上来敲开车窗,塞给我们每人一个红包,说是图个吉利,把我们平日里给她的生活费如数返了回来。在母亲眼里,我们还是长不大的孩子。

　　曾经我以为，家就是一张张票根，家就是一抹抹乡愁，随着年岁的增长、随着岁月的更迭，换来的是我的心智成熟和母亲的容颜渐老。这些年，我发现自己开始越来越恋家、越来越惦记着母亲了，因为，有母亲在的地方，永远都有温暖的饭菜香；有母亲在的地方，永远都有欢声笑语……因此，不管多忙，回家的路有多远，每年过年我都要回家。

野境遊踪

去有风的地方

看青松绿林

闻野芳幽香

听泉水叮咚

随白鹭飞翔

梦里桃花源

自从陶渊明写下《桃花源记》，人们寻找理想中的世外桃源便没有停息过。那幅"土地平旷，屋舍俨然，有良田、美池、桑竹之属。阡陌交通，鸡犬相闻"的画面一直是许多人心里美好的向往。在我的心里，也时时向往。它，就在我的近旁，一个叫"围村"的地方。

我是在五月里的一天跟着朋友走进南宁市郊区三塘镇围村的。

山坡、田垄、村寨、溪流，明明朗朗地静止在无边的丽日下。山坡圈围着田垄，林木簇拥着村庄，村上人家相宜地装点在田垄边、溪水岸……农乡韵味，像一股浓醇的酒香涌上心头。来到这里，犹如来到梦中，有那么一刻，我疑惑自己走进了桃花源，和那个远古的渔人一样。

原本结满嘉宝果（俗称"树葡萄"）的果园，经过"五一"小长假蜂拥而至的游客"光顾"一轮后，现在枝头只零零星星挂着几颗瘦小的青果。摘果不成，也不能怏怏而归，于是我们一行人便索性趁着阳光正好、地面的热气还未完全散开，抬脚去园子对面不远处的一块菜地看看，有没有别的收获。

走在弯弯曲曲的乡间小路上，经过一片墨绿的玉米地。不甚饱满的玉米顶上挂着的一绺绺褐色的长须，在风中高高飘扬，很是夺人眼球。走过一小段下坡路，视野便开阔起来。蓝天白云下，一池碧水，波光粼粼，惹人迷醉。几十株睡莲静静地趴在水面上，碧绿的叶面还开出两三朵粉红的小花。一只红色的蜻蜓翘着尾巴立在花沿边，似乎正享受着花香不肯起飞，见有人靠近，就倏一下飞走了。

苍翠欲滴的田地间，不远处有个戴斗笠的人影在高过人头的豆角架旁晃动。走近一看，发现是一位身材稍胖的中年妇人。她身着长衣长裤，左手臂弯处挂着一大串豆角，汗水顺着宽大的脸颊直往下流。带路的朋友走在前面，亲切地叫了一声"燕姐"，这位中年妇人转过身来，露出憨厚、恬淡的笑容。

谷雨过后，连日的晴好天气，让地里的瓜果蔬菜枝繁叶茂，硕果累累。朋友热情地招呼大家下地自由采摘。于是我们几个便再也顾不上平日舞文弄墨的斯文和矜持，一把挽起裤脚，拎着准备好的黑色塑料袋，拿着剪刀在田垄间手忙脚乱地采摘起来。一些不知名的小虫子不时飞到跟前叮一下，裸露的手臂跟着红肿起来，但眼前的豆角、灯笼辣椒、黄瓜、番茄、茄子长得实在诱人，谁还顾得上挠痒痒，也无暇擦拭脸上的汗珠和鞋面上的泥污。一眨眼的工夫，袋子已变得沉甸甸、胀鼓起来，开心和喜悦写在每个人的脸上。

提着胜利的果实离开田垄，回望一片"丰收的田野"，大家意犹未尽，不禁畅想，若是能租下几垄地，成立一个合作社，由燕姐根据季节种植不同的蔬菜瓜果，双休日自己开车来菜地采摘，这样一来，哪怕身在闹市也能吃上既新鲜又地道的农家有机菜，那该多好啊。

一番拾掇后，在村里的小餐馆简单用完午餐，返回家把采摘的新鲜蔬果从塑料袋里倒出来，分门别类放入冰箱。先做个什么菜来尝尝鲜呢？扫了一眼，一根根绿油油的黄瓜抓住了我的眼球。口感香脆爽口，操作简单，就做凉拌黄瓜吧！

先是将黄瓜洗净，切成块拍打几下，放在白色的碟子上；然后将红辣椒切段，加上少许紫苏，一起放入碟中；最后倒入酱油、白醋，滴上几滴香油，一盘色泽鲜艳、清脆可口的凉拌黄瓜便大功告成了。似乎还缺点什么……对了，外加几根紫红、米白相间的糯玉米，铺陈在金黄的芒编碟里，也许会更加养眼，让人胃口大开。一顿折腾下来，终于品尝到自己亲手用新鲜食材做的佳肴，那滋味，简直不亚于苏东坡品茗尝鲜时发出"雪沫乳花浮午盏，蓼茸蒿笋试春盘，人间有味是清欢"所感受到的喜悦和畅适。

没有想到的是，梦想竟然真的有一天变成现实。经过一番努力和争取，菜园的主人薛老板同意让出部分地块租给我们。合作社终于成立，我也终于有了属于自己的一块菜地。这小小的菜地，我为它起名为"耕云种月"——寄希望于大地星空，在人世间绽放幸福的花，结出丰硕的果。

自从成为合作社社员，有了自己的小块菜地后，我就总盼着双休日快点到来，去田垄里体验一回"五柳先生"陶渊明那样的惬意——日出而作、日落而息。稍有闲暇、雅兴，或托耳静听村巷传来悠长的犬吠，或盘腿坐在田埂，手捧闲书，沉迷其间的静谧；或品味天边有云，身边有花，清风徐来，荣辱皆忘，世间的浮躁被关在心门之外的洒脱……

陶渊明笔下的"桃花源"真的是个美丽的谎言？如果是，那么，我宁愿被这谎言永远地欺骗。

情系七百弄

　　朝发南宁，一路西行，在途经南宁市马山县的一个镇上，我们吃过当地颇有特色的生榨米粉，车子继续沿着弯弯曲曲的山道前行。

　　窗外，近处竹叶摇曳，远处群山连绵起伏，绿意盎然，更添了一份庄严与凝重。一条媲美"怒江七十二弯"的盘山公路，犹如虬龙般盘卧在连绵山峦的云雾之间，神秘而惊险，这就是著名的七百弄"八里九弯"。驾行其间，可仰视高耸的峰丛，俯视深深的洼弄，落差之大犹如"天上人间"。

　　翻越"八里九弯"后，车子在一处平稳开阔地停下。爱好摄影的蓝姑姑火速跳下，拿出她视若珍宝的"长枪短炮"一顿猛扫，那按动快门的声音响彻整个山谷。四周望去，人置身其中，犹如进入一个异样的世界：重峦叠嶂，气势磅礴；山岩嶙峋，崎岖突兀；千峰竞秀，拔地擎天……这是时光缓慢雕刻出的惊心动魄，是让人屏息仰望的荡气回肠！

都说，在广西桂西北地区红水河中游，有那么一个地方，由5000多座海拔800~1000米的峰丛深洼地组合而成，形态奇妙，震撼人心。"魔鬼的山坳""自驾的天堂"都是它的代名词，这，就是被誉为"石山王国"的七百弄。再次踏入大化瑶族自治县七百弄，这里的风景还是那样的美丽。独特的喀斯特地貌成就了七百弄千山万弄、山基相连、千峰耸立的壮美风光。放眼望去，山外有山，山影相叠，如游太虚。而走在几百米高、修筑狭长且惊险的山脊之上的观景廊道，四周望去能看到360度七百弄的山海奇观。向脚下看去，便是万丈深渊，让人看着虽胆战心惊，却不禁生出伟岸的气概来。

经过五个小时的山路颠簸，中午时分，车子终于在一家名为"布努人家"的农家客栈前停下。大家办好入住手续，刚踏入大堂，一张醒目的照片映入眼帘——是店女主人蓝芳灵与自治区、河池市相关领导的合影。再看另一面墙上，密密麻麻地悬挂着她作为河池市人大代表近年来获得的各种荣誉称号及证书……看来，这家客栈的名头不小，颇有故事。

放下行李，但闻风声絮絮呢喃，推窗向外望去，不远处一片向日葵在风中摇曳。几户农家小院依山而建，外墙无一例外涂上了深蓝色，在旷野中很是醒目。雨后初晴，山里空气格外清新，三五成群的蜻蜓张开翅膀飞来飞去，像是在空中表演舞蹈。阵阵微风吹起草的涟漪，一遍又一遍地涌向院子外的丛林，掀起两叶木舟的一角……咦，这旱地里还能划船？经打听方才知道，因客栈后面地势低洼，夏季暴雨一来，便成汪洋一片，那时候，木舟便可以派上用场了。

简单梳洗一番后，在客栈隔壁的小卖部买了些大米、花生油、糖果之类的东西，村支书蓝芳灵便带领我们一行人驱车向更偏僻的山里出发。一路上，我们情绪高扬，有说有笑。翻过一座座山，越过一道道弯，不知不觉间到达一个叫"弄杯屯"的自然村。这是一个由十几户瑶族人家经过长时间聚居而自然形成的村落。看得出，眼前的一栋栋两层楼高的钢筋水泥房是近些年才建起来的，刺目的阳光照在洁白的外墙上仍显得格外耀眼。山上山下、房前屋后的石头缝里种满了玉米，风一起，叶子互相挤推着沙沙作响。院子里鸡鸭成群，有的在瓜棚下觅食，有的在草堆里穿梭，有的在屋檐下打盹，一派岁月安好的模样。

我们走进一户人家，客厅、卧室、厨房、洗澡间、卫生间样样俱备，还配置了冰箱、电视机、洗衣机、沙发、衣柜等，居家常用的家电和家具一应俱全。院子里栽了一些瓜果蔬菜，生活与城里人已没什么区别。蓝书记介绍说："这几年政府给了七百弄的百姓很多支持和帮助，我们的生活也越来越好。这家共有六个孩子——四男两女，最大的刚上初中。在政府有关部门的帮扶下，已彻底告别贫困，过上了自给自足的生活。"正说着，一位面容红润、怀里正抱着个两岁左右的小男孩的妇人从里屋探出头。见到蓝书记，她笑嘻嘻地迎了过来，和我们聊起了这几年家里的变化。还没聊上几句，倾盆大雨便哗啦啦地从天而降。蓝姑姑突发奇想，又掏出背包里的相机。三四个长得黝黑敦实的孩子好奇地围了上来，看她如何摆弄手中的镜头。看到孩子们天真无邪的笑脸，蓝姑姑拿起相机快速按下快门，完好地捕捉了他们如阳光般灿烂的笑脸。拍完照片，一旁的我冲孩子们竖起大拇指，这些孩子也羞涩地冲我嬉笑起来，眼里都是天真无邪的亮光。

十几分钟过去，雨点随着雷声慢慢变小。因为车子刚停在了山顶的路边，上山还得走一小段陡坡，于是大家撑着伞边走边聊。这时，记忆的闸门被层层打开，二十多年前的一幕又浮现在我的脑海。

当时，我刚毕业分到单位不久，在部机关党委的带领下，各处室都派出代表从南宁出发，前往几百里外的桂西大石山区走访贫困户。在七百弄的一个自然屯，一位中年父亲无助而又无奈的眼神深深刺痛了我。他的两个枯瘦无比的孩子正虚弱无力地躺在四面透风的茅草房里，高烧烧得都要晕了。可山高路远看病难，这位父亲能做的就是一边烧起一堆柴火为儿子取暖，一边焦急地等待民间草医上门。当我把身上仅有的一百块钱放到这位父亲的手上时，他浑浊的双眼流下感激的泪水，握着我的手说了很多我听不懂的土话。这么多年过去了，我一直想去看看当年那两个孩子是否还健在，但愿，他们都渡过了难关，健康成长。那一次走访，我还结对帮扶了另外两名在读的小学生，每年寄去学杂费，直到他们初中毕业。我们还有通信往来。那段时光可以说是我青春时代最美好的记忆。他们向我述说自己的学校生活、青春烦恼，告诉我自己最近看到的书、听到的事、遇到的人，我鼓励他们努力学习，考上理想的大学，成为更好的自己，报效国家。

夜幕降临，道路两旁被废弃的老木房显得一片沉寂，唯有少数还被留守老人坚守着。而那一栋栋两三层楼高、外墙贴着瓷砖的楼房则灯火通明，热闹非凡。还有部分房屋早已建好，但房主并不常住，房间内虽无灯光，却似在静静地等候还在远方务工的主人归来……我不禁感慨，在党的坚强领导下，依靠国家强大的力量，大山里的人们终于摆脱了贫困，过上了丰衣足食的生活，也为乡村振兴打下了坚实的基础。

回到客栈，二楼餐厅已飘出了阵阵农家饭菜的香味。蓝书记热情招呼我们上楼用晚餐。只见地道的鸡鸭鱼肉、豆腐干、花生米等十几道菜摆了满桌。如此佳肴美馔，大家自然不再生分，落座后一顿大快朵颐，过足了舌尖上的嘴瘾。

次日晨起，推窗一望，旭日东升，雾气缭绕，青山朗润，仿若仙境。吃过早餐，几位女士换上飘逸的衣裙，兴奋地朝田垄间跑去。屋后，那一朵朵向日葵仰着笑脸在云雾里摇动。一阵清风吹来，葵花便欢快地与我们一起摆动着身躯。蓝姑姑扛着她那单反相机跟在我们身后一路小跑，不厌其烦地抓拍我们的各种表情和姿势。是啊！融入美丽的大自然，以绿水青山铺就最美底色，这不正是一幅令人百看不厌的美丽画卷吗？

太阳已从厚厚的云层里探出了笑脸，大家心满意足地往回走。坡地上种植的玉米长势喜人，深褐色的长须在风中飞舞，像是在跟我们这些远方的客人作最后的道别。

回程路上，车尾箱里装满了山货，也载满了七百弄的情谊。我无数次回头遥望七百弄，茫茫的峰丛、千回百转的盘山公路，让人再次沉浸在大自然设下的秘境中……

别了，七百弄。人走心驻，容我将这份情深埋于此，当作毕生最宝贵的记忆。

柳贝山下书意浓

那年春季，我在邕江之滨的中共广西区委党校进行为期三个月的脱产学习。

一日傍晚，偕同几位学员于校园内散步，不经意间，走进崇信园前面的一条林荫小道，一块庞大的奇石上镌刻着"柳贝山"三个遒劲的大字顿时映入眼帘。

柳贝山，只是一个山丘。"柳贝山"，取柳沙之"柳"及半岛新石器晚期贝丘遗址之"贝"，象征源远流长。循着叽叽喳喳的鸟鸣声，穿过"继往开来"的古铜色雕塑组图和一片茂密的树林，拾级而上，迎面而来的是古朴典雅的松竹亭和高高耸立的鸿鹄阁。清风拂面山更幽。我们在一旁的石凳稍作歇息后，沿着山花烂漫的小径继续前行。只见两根柱子上雕刻的行书气韵生动，雄健洒脱，笔笔精妙，字里行间流露出一种畅快淋漓之劲，还透着一种淳正之气，不禁让人眼前一亮。

走下十余级台阶，视野逐渐开阔起来，光线也明朗了许多。平整的水泥地上，有一方硕大的大理石案台，青花瓷笔洗、笔架和一支大毛笔整齐地摆放于案台上。毛主席的《沁园春·雪》赫然在目，其字龙蛇飞舞，俏俊飘逸，大气磅礴，豪放酣畅。仿如将人带入一个波澜壮阔、秀丽多姿的艺术的世界。极目远眺，邕江之水碧波荡漾，蜿蜒向东流去。对岸的山峦跌宕起伏，在晚霞余晖的照耀下，金光闪闪，弥漫在春天氤氲的诗情画意里。几位帅气的男学员见到，诗兴大发，纷纷提笔挥洒云墨。

返回山腰，步入一条绿荫大道，沿着一个斜坡走过几十级台阶，一池碧水，清波荡漾。湖边的杨柳随风飘扬，行人三三两两擦肩而过，留下串串清朗的笑声。一白一黑两只天鹅在湖面上悠闲地游弋。远处的木棉花开得正艳，火红火红的，好像一大片燃烧的云霞。树下的青草地上，遍地都是掉落的木棉花，层层叠叠，像铺了一层厚厚的红毯。爱美的女生抵不住诱惑，纷纷走到落花前，留下一道道多情的倩影，点缀自己心灵的窗口，也点缀了柳贝山的妆容。

不知不觉夜幕降临，一轮圆月高挂枝头。下至山脚，我依然久久不愿离去。晚风拂面，一阵阵凉爽和惬意涌上心头。我凝望远处的柳心湖，心中竟泛起了一圈又一圈感动的涟漪。一切都显得那么的不真实，不真实得让人迷离；一切又都显得那么的真实，真实得让人沉醉。难道，这就是我心中苦苦追寻的那片梦幻意境吗？

"我原先是从来不知疲倦的，眼看别人也都是不知疲倦的。一天，我忽然疲倦了，眼看别人也都是疲倦了，疲倦极了。"在木心先生所著的《琼美卡随想录》中，这是令我记忆尤为深刻的一句话。不得不说，琐碎与庸俗的生活耗散了精力，带来了疲惫感和倦怠感，就是中年的气象。《一地鸡毛》中，小林夫妇都曾是大学生、天之骄子，却一步步从满怀抱负的知识分子，堕落到柴米油盐的琐碎，被人间烟火气熏得灰头土脸、满身庸俗。他们可以为了一块馊掉的豆腐彼此埋怨个半天，为了几块钱的蝇头小利操碎了心，甚至在养育孩子上丧失了最后一点知识分子的情怀……何其让人惋惜啊！然而，中年又怎能不疲惫呢？这种深深的疲惫感源于我们与琐碎、庸俗的缠斗——事业、家庭、房子、存款、教育，上有老、下有小，想得的还没得到、得到的又怕失去……身心的能量都被鸡毛蒜皮的芜杂俗务消耗了。多少人意气风发的样貌就这样变成神疲形散、懒洋洋的庸俗中年人？又有多少人奋斗半生，就这样活成了自己年轻时鄙视的模样？

如果，身居要职的领导干部在繁复的公务之余，能远离污浊的尘世，回到大自然的怀抱，放空自己，静心读书，深入思考，滋养心灵，涵养高雅的情操，这是多么难得的一件事啊。就像写下"衙斋卧听萧萧竹，疑是民间疾苦声。些小吾曹州县吏，一枝一叶总关情"著名诗句的郑板桥，由风吹竹摇之声联想到百姓生活的疾苦。为官期间，他体恤民情，为改善民生而殚精竭虑，为扶危济困而义无反顾，深受百姓的爱戴和颂扬。

一个封建时代的七品芝麻官，尚能心系苍生，何况以天下兴亡为己任的当代领导干部，我们更应有"心中为念农桑苦，耳里如闻饥冻声"的情怀，多谋民生之利，多忧民生之苦，多解民生之难，以成就不平凡的事业，编织出彩的人生乐章。

在静谧中诗意地栖居

南国的春天一向来得早，迎着晨光驱车上路，放眼两侧，木棉红艳，桃花灼灼，丹桂飘香。

不经意，车子已驶入乡间小路，眼前草木葱茏，百花分外妖娆。一泓池水映照岸边错落有致的木屋，几只灰白相间的大鹅悠闲地浮在水面上，其乐融融。

邕城郊外民宿云舍的主人昀霏身着淡蓝色麻纺衣裙，笑容可掬地在门口等候多时，迎接我和友人们的到来。她领我们进去，边走边为我们介绍云舍的设计理念。原本学建筑设计的她只是想在市郊租一处农房，改造后展示自己设计的产品，未曾想老旧农房一经改造后，便受到众多市民、游客的青睐，入住订单如雪片般飞来。于是一不做二不休，她干脆就在原来九间房的基础上扩建增容，打造一家名副其实的"云中客栈"，让人们就近便能体验民宿的乐趣。

云舍绕水依坡而建，为庭院式结构，古朴自然中蕴含现代创意之美。土墙、砖瓦、木阁、亭榭是建筑的主要元素。内饰清新时尚，玻璃窗外竹影婆娑，微风一吹，沙沙作响，犹如油画一般。

傍晚时分，阳光西斜，将云舍的影子拉得很长很长，山村显得愈发的静寂。我们闲坐于伸出水面的露台，沏了一壶茶慢品，任思绪伴着夕阳随风飞扬。极目远眺，四周空旷，虫鸣唧唧，倦鸟已入林，几缕炊烟在远处若隐若现，好似人间仙境。风一吹，一片树叶掉了下来，像一只小船在碧波里荡漾……

我从随身携带的包里拿出《寂静的春天——中国美宿系列访谈（第一辑）》。翻开扉页，干净的纸张凸显舒目的绿，主编"张迪"的签名映入眼帘。该书开本大气，仿古线装装帧，手感厚实。内页图文并茂，虽为访谈式文体，却文字清新，语言精练，毫无冗长拖沓之感，一股好感、喜悦之情油然而生。

其实，早在去年九月，张迪已将书送到了我手上，只是后来因忙于各种事务，一直没能静下心来好好品读。趁着这难得的假日，在云舍赏花沐月之际，能看、能闻、能触摸，近距离感受民宿诗意的栖居，细细揣摩书中所列民宿的风情与韵味，别有一番滋味在心田。

在柔和的灯光下逐页翻阅，一张张清新、亮丽的精美照片深深迷醉着我。这些远远近近、高高低低、四面八方的各类民宿实在美得不像话。东到浙江莫干山，西至宁夏中卫，南及海南文昌，北至河北保定，或大隐隐于市，或孤悬海岛，或置于山水田园间，或建在深山老林中，或起在沙漠戈壁上……应有尽有，各具特色。茫茫夜色中，那一抹民宿射出的灯光或明或暗，映衬一钩明月，宛若世外桃源，让人恨不得循着书里给出的坐标方位，立刻来一场说走就走的旅行。

中国民宿自莫干山发端后，历经数十年"摸爬滚打"，已在神州大地开花结果，且枝繁叶茂。远的不说，看看近年来广西桂林的阳朔和广西北海的涠洲岛，每当节假日，那里的民宿门庭若市、一间难求，足以说明有多火爆。其实，在每个人的心中，都有一份乡愁，尤其是对漂泊在外打拼的人们而言，哪一位不想念家乡、不望月抒怀呢？一年一度的春节"大迁徙"，节假日里涌入农村的人流，便是萦绕国人的"乡愁"使然。而让"乡愁"回家，民宿提供的就是这样一种体验。

不同于一些酒店、旅馆和度假村，民宿基本建在郊外和风景别致的山上或林间，与诗和远方相得益彰，营造出一种心物交融、天人合一的静美境界，让久居闹市的人们有了一种久违的归属感。特别是一些拥有文艺情怀的人，他们更向往诗意栖居和隐居之美，更愿意置身于自然风光和山水田园中，"日间临水而坐，静听芦花绽放。夜间枕水而眠，浦边星光散落"，以获取更多创作的灵感。而散落在全国各地的民宿，正好能满足他们的创作激情和精神需求，于是，外出游玩住民宿，就成了他们的不二选择。

《寂静的春天——中国美宿系列访谈（第一辑）》选取的六十家民宿，地域分布辽阔，建筑风格迥异，设计理念不同，个性突出。民宿的主人都是一些有故事的人，他们或始于情怀，终于生存发展；或纯粹养老自住；或回报桑梓，不计成本，期待有更好的结果……总之，为了投身民宿事业，他们甚至孤注一掷，但始终无怨无悔。正是这些"宿主"背后感人的故事，深深地打动了我，令我肃然起敬，甚至有一种欲前往实地打探虚实的冲动。见见这些民宿的主人，聊聊他们的故事。

党的十九大提出，乡村振兴战略是回应"乡愁"、城乡一体化融合发展的重要战略。聚焦乡村振兴，离不开民宿行业的持续发展。愿各地民宿事业都能搭上新时代发展的快速列车，迎来更加美好灿烂的明天。

时光岛：时光不老

四月的风，温暖和煦，吹绿了湖光山色。暮春时节，与挚友相约来到古蓬莱洲。

在蜿蜒的村道上行驶约半个小时，便到达一个开阔的渡口。河水碧绿，两岸青山苍翠，粉红的三角梅开得正艳。清明节刚过，当地不少农户仍携家带口奔赴各个山头扫墓，鞭炮声此起彼伏，空气中不时弥漫着刺鼻的味道。阳光下的红水河风平浪静，如一面巨大的镜子飘落在青山峻岭中，时而泛起涟漪，时而水波荡漾，惊起一群飞鸟。

不一会儿，船长从家里赶来。大约五十岁的他，身材高大，皮肤黝黑。解开绳索后，他动作麻利地铺上一块木板，让我们踩着过去。机动船划过静静的水面，激起层层浪花，不一会儿，就到了对岸的码头。

拾级而上，走过百余级台阶，便到了山顶平坦处。映入眼帘的是一座"时光倒流"的笔尖式钟塔。十年前，当蓬莱洲引起外界重视被重新开发时，投资者就建造了这座别具一格的钟塔，钟的时针、分针、秒针都是倒着走的，意味着不管世事如何变迁，时光都不会老。自此，古老的蓬莱洲有了一个富有童话色彩般的名字——时光岛。

相传，很久以前，岛上住着三位青年，他们勇敢善良，经常一起习武强身，武功高强，其中一位叫"蓬莱"。有一年，北方骑兵入侵，他们带着村民英勇抵抗，与入侵者大战三天三夜，击败了强敌，但有两位青年为了保护蓬莱不幸英勇牺牲。他们英勇无畏、保家卫民的故事感动了天神，天神遂赐岛名"蓬莱洲"。

春风拂面，暗香浮动。我们走在岛上，脚步不觉轻盈起来。这里古树参天，绿荫如盖，不知名的鸟儿不知疲倦地叫着，像是传递着喜悦，喜迎远方的客人。蓝天白云在头顶盘旋，如白驹过隙。眼前的红水河日夜不息，滔滔奔流，到达蓬莱洲时，如天使一般长袖一甩，一分为二向两边分流去。走着走着，发现岛上矗立着一座高大雄伟的建筑，镂空部分如一枚厚重的钉子直入地面，造型奇特，气势恢宏，这便是公认的全球界线层型剖面和点（GSSP），俗称"金钉子"。

20世纪70年代，中国科学院院士、中国科学院南京地质古生物研究所研究员金玉玕率领国际二叠系乐平统工作组，与美国、加拿大、德国等多国学者广泛合作，经过几十年的反复考察论证，终于证实蓬莱洲地层是世界上已知的二叠纪乐平统底界附近地层最为连续的剖面，它完整记录了发生在大约2.6亿年前全球范围内最大规模的海退和重大生物灭绝事件的过程。

全球共有"金钉子"七十二颗，蓬莱洲的这颗是第四颗——中国占了十一颗，是世界上拥有数量最多的国家。蓬莱洲走过二叠纪，在漫长的岁月里，经历了沧海桑田，见证了斗转星移，却绿植葳蕤，容颜未改，依旧挺立在红水河中央，焕发新的生机与活力，成为当下都市人远离城市喧嚣、休闲度假的好去处。岛上建有设施完善的度假酒店，内饰风格极具田园特色，推窗见景，江水悠悠。一楼大堂还展示和出售当地的特色产品，让南来北往的游客感受到非同一般的体验。

值得一提的是，在科举考试时期，蓬莱洲附近曾经出过一名探花，名叫权凤，字韶仪，号桐冈。据史料记载，权凤在北宋年间生于广西来宾县良江乡（今来宾市兴宾区良江镇）权村，自幼聪慧，爱好读书，模样俊俏，有"神童"之称。权凤踌躇满志、一心想入仕报国，一路向北参加科举考试，高中探花，受到皇帝召见，并委以重任，当过广西梧州知事，后晋升为江西副使。清正廉洁、生性耿直的他，几经宦海沉浮，深知百姓疾苦，但面对官场的阴险狡诈难以适应。特别是变法遗患、连年战事、党朋之争让他身心俱疲，最终辞官归隐。两鬓斑白之年，他一身疲惫地驾着一叶扁舟踏上蓬莱洲，与山为友，携江为伴，过着与世隔绝的孤苦生活，诗词遣惆怅，渔樵慰寂寥，直至在此终老，最后葬于蓬莱洲，一卧便是千年。而权凤的坟茔和墓碑极为普通，让人难以相信此为"广西第一探花之墓"。他的后代很少有人入仕为官，和普通百姓一样，过着日出而作、日落而息的农耕生活。

邂逅时光岛，品读千年故事，看天地悠悠，感悟时光倒流。他日，我定会再回来，把盏高歌，聆听您千年不老的声音……

不了茶园情

"五一"假期，我与好友同游武鸣，一路上走走停停，欣赏久违的路边风景，让人时而沉思，时而心旷神怡。

中午到达武鸣两江镇，感仙茶厂韦老板已在他的茶室等候多时。还没等我们下车，中等身材、皮肤略黑、操着一口夹壮南普的他早早便挂着一脸笑容出门相迎。大家从车上下来，寒暄一阵后，步入茶室围坐一圈，品尝当季出产的春茶。这春茶入口飘香，咀嚼茶底丝毫不涩，如沐春风，瞬间无燥，爱茶的朋友都称赞道："这茶不仅惊艳，更是神奇。"

简单吃过午餐，稍作休整，趁着太阳不大，天空尚留一丝云彩，一行七人又兴致勃勃地戴上斗笠、背着竹篓去几公里外的山上采摘新鲜茶叶。

说起来，这可是我平生第一次走进层层叠叠的茶园。郁郁葱葱的茶园，满目皆是绿色。远处是巍峨叠翠的大明山，山脚下是一弯清澈的池水，周边林木茂密，逶迤群峰沐浴于蓝天白云，倒映在清波碧池之中，构成一幅秀美绮丽的画卷。手指尖轻轻滑过嫩黄的芽茶，透着一丝清凉。蜜蜂与蝴蝶在山间翩翩飞舞，满山的茶叶不时散发出淡淡的幽香，被我深深地吸入腹底。

当夕阳西下的最后一抹彩霞落在山顶，我们已踏上返程的路。回到镇上，擅长打油茶的余君迫不及待地在韦老板的农家小院忙开了。他在簸箕上用双手摊开才新鲜采摘的茶叶，将之均匀地晾在一边，就着灶台一灶红红的火焰，准备好打油茶的葱姜蒜，开始捣鼓起锅碗瓢盆。不消一会儿，一桌丰盛的菜肴便端了上来，色香味俱全，不禁让人食指大动。

小镇的夜晚凉风习习，远处不时传来几声犬吠，接着又是一片寂静。成群的飞蛾拼了命似的扑向屋檐下的射灯，依稀可见地上躺着它们或僵硬或柔软的尸体。

一株翠绿的葡萄树展开淡绿色的枝叶，爬满墙角的木架，垂挂着串串稚嫩、青涩的葡萄。大家围坐在葡萄架下喝茶，三三两两聊着各自感兴趣的话题，其中讨论最热烈的莫过于下午游玩过的那片茶园。壮乡武鸣，作为南宁的后花园，两江镇有着得天独厚的地理位置和自然环境优势。它背靠号称"广西庐山"的大明山，剑江和赵江在此交汇，土地肥沃，物产丰富，不失为康养、度假、生活的理想之地。正在大家七嘴八舌讨论不休时，从事养老行业多年的黄先生兴致袭来，建议韦老板租下周边的几个山头，找投资商在茶园建几处独具壮乡风格的民宿，将来大家随时可以呼朋唤友来小住，远离都市的喧嚣和繁杂，让充足的负氧离子给身体的五脏六腑来一场彻底的清洗。

在上海从事影视行业的林小姐一向喜欢清静自然的田园生活，她向往圣洁、神秘的雪域高原，曾有过自驾去西藏的勇敢经历。林小姐对黄先生的想法很是赞同，当即表示要加入投资的行列。已拿到高级茶艺师证的陈女士是位资深茶客，对茶有着特别的情愫，她恨不得立马在青山绿水间拥有一间个性化设计的茶室，感悟禅茶一味，品味人生的酸甜苦辣。在传媒影视行业打拼多年的闵先生，有着江南水乡特有的人文气质，为方便照顾患病多年的老岳父，他将自己的公司从广州搬到南宁。多年来，他被广西神秘的骆越文化和浓郁的壮乡民俗风情所吸引，希望有朝一日能带着家人和朋友深度游览一回大明山那一片风景秀丽的人间仙境。而我自己，向来钟情于青山绿水，仰慕王维的辋川别院，对当代著名画家、诗人蒋勋在台湾池上村落里的地久天长更是沉迷不已，希望有朝一日也能领略古人笔下的诗酒田园，以弥补自己前半生平淡生活的遗憾。

午夜时分，月光如银洒向苍茫大地。大家辛苦、劳累了一天，简单一番梳洗后，便在韦老板的农家客栈躺下休息了。

清晨，我被屋后林子里清脆的鸟鸣声叫醒，披衣走到楼下，余君已在灶台上架起一口大铁锅炒茶。只见昨晚翠绿的茶叶此时已变成一团团褐色的茶坨。花生、黄姜、大蒜、青葱等佐料已清洗干净放在灶台的一角，只需把它们捣碎装进竹箩里，用竹篓过滤，便可倒入滚烫的茶汤。

大伙儿闻香纷纷下楼，在茶台边一一落座，耐心地等候味道香浓的油茶新鲜出炉。花生、阴米、油炸果子，还有各种糍粑、点心等已整齐摆满一桌。没有你来我往的客套，也没有看他人脸色的虚伪与恭维，我们深呼一口清新的空气，端着粗碗先喝为快。

快乐的时光总是短暂的。初夏的阳光还不算炙热，大伙儿依依不舍地收拾行装，打道回府。一路上，看到不少农户把自家的山货背到路边来售卖。大家禁不住叫停司机，纷纷跳下车来加入采购的行列。很快，土鸡、土鸭及坚果等各种山货便装满了车子的尾箱。

满载而归的喜悦洋溢在每个人的脸上，像是得胜归来。只是，那晚大家在韦老板的客栈葡萄架下所聊起的梦想，不知何时才能够实现……

　　真希望有那么一天，我们每一个心有向往的人都能在大明山体验一回那种"神仙过化处，人间走一遭"的世外桃源生活——拨弄落叶花枝，亲近草木丛林，廊下煮水、烹茶、品茗，静听虫鸣，观星赏月，轻触归隐生活的质感与温度……

萝村有文脉

清晨，大容山上的薄雾还未完全散去，天空稍显灰暗，我们乘坐的中巴车开始启动，载着十余位来自区内外的网络达人往山下的萝村方向驶去。

车子在蜿蜒的山路上轻快穿梭，树影婆娑。经过一大片青绿的夏日农田，窗外是茂盛的火龙果种植基地，带刺的枝条上挂满红红的果实。待驶入一条村道，三拐五拐便见村庄掩映在绿树丛中。大家陆续下车，缓步走进村庄，先跳入眼帘的是一池倒映着具有明清建筑风格的村落的清澈的塘水。这些古建筑的屋顶翘角嵯峨，屋内有壁画、泥塑和木雕，形成了萝村独特的风格。

我在一栋古朴的院落前驻足，只见门楣下一牌子用繁体字赫然写着"无锡国专纪念馆"。经进一步打听方知道，无锡国专乃当今苏州大学的前身，创办于1920年。当时，正值新旧文化思潮激烈碰撞之际，一批视国学为瑰宝的文人通过创办学校力挽国学颓势，以延续先哲智慧，保存民族文化根脉。

陈柱作为无锡国专的首任专职教员，编写了大量讲义作为教材。抗战期间，国难当头，在艰苦卓绝的条件下，陈柱仍心系教育，借用家乡萝村陈氏宗祠作为校舍，让无锡国专南迁得以继续办学。据说，当时的代校长冯振还聘请了一批著名专家学者担任教师，饶宗颐、黄宾虹、田汉、竺可桢等都到过萝村，并作专题讲学。

国画大家黄宾虹也曾两次到萝村居住、作画写生。1928年夏，65岁的黄宾虹应广西教育厅邀请，随陈柱组织的"广西省中学校长、主任暑期讲习班"讲学团来到桂林。会后，陈柱邀黄宾虹等到北流游玩，黄宾虹欣然应允。在访勾漏洞寻仙踪后，准备回萝村陈柱的老家停留一段时日，当时已备好轿子，但黄宾虹婉辞，说北流风光奇秀，要以脚代劳穷极眼力观赏，方不负此行。后来，陈柱在《追记故乡之山水》一文中写道："吾曾与黄宾翁先生于正午从暗螺岭之峡而望之，日光灿烂，层峦叠嶂，回互反映，如芙蓉之花瓣，尽发金银光，数十里外，光芒射人，犹令人目睛不敢迫视。"在萝村停留期间，黄宾虹游山寻胜，沿斗口河入龙门仙境，登大容山观飞瀑，创作了多幅山水画，并在《长松乱石》《独山湖》《都峤山》等画页上题词作诗。

1935年7月，黄宾虹再次应邀来到南宁讲学。国学家冯振教授和陈一百教授（陈柱长子）再度盛情邀黄宾虹重访北流。在萝村居住月余，黄宾虹再次创作了一批精品佳作，成为那个时代最美好的记忆。

站在修缮一新的无锡国专旧址前，我陷入了沉思，回想当年兵荒马乱之际，在南方偏僻的一隅，还有这么一批文化巨匠不辞辛劳奔走于八桂的山水田野间，传道授业解惑，用心、用情描绘北流的山水风光和人文历史，留下千古佳话，怎么不令人钦敬？

无锡国专南迁萝村，不仅使萝村平添了厚重的文化神韵与底蕴，还对周边乃至全广西产生了深远影响，为社会发展培育了大批栋梁之材。无锡国专开创之初就有十名广西籍学生，在各地学生人数中排第三。当时，玉林市玉州区高山村有多位名人早年就读于无锡国专。

来到萝村参观，"陈氏一族"是一个绕不开的话题。据文献《北流县志》《广西通志》和萝村《陈氏族谱》记载：萝村陈氏始祖陈楠最早在宋代从浙江到广西北流为官。陈楠，原籍浙江省台州府天台县人，宋末壬申举人，丙午进士，宗元年间任北流县尹。此后，陈氏家族历代都有文人墨客诞生，文化传承有序，延绵不断。

萝村陈氏家族一直都很重视文化教育，坚信知识就是财富。"积钱不如积书""钱有尽时，书则是取之不尽、用之不竭的财富"……这些出自家族先辈的警世名言已成为陈氏的家训；尊宗敬祖、尊老爱幼、勤耕苦读已成为陈氏的家规。近百年来，萝村人才辈出，熠熠生辉。据统计，上至清代进士，下至近代著名国学家、教育家、航天专家等三百多位。在村道入口醒目处，大红榜张贴着历年考取全国各地重点大学的学生名单及奖金数额。

萝村也是国学大家陈柱的出生地。陈柱7岁就读于萝村小学堂，自小就勤奋好学；19岁留学日本，先后师从苏绍章、陈衍、唐文治等诗词名家和国学宗儒。他才思敏捷，学识渊博，一生著述一百三十余种，是民国时期的国学巨擘之一。其论述广涉经、史、子、集，拥有多部国学论著。其国学教育理念对民国时期的文化发展产生重要影响，代表作有《宋玄阁文字学》《公羊家哲学》《墨子闻诂补正》《文心雕龙校注》等，深受学界推崇与赞赏。1940年，陈柱还与学生沈庆鸿共同创作西安交通大学校歌《为世界之光》，至今仍在校园传唱。

抬脚走进陈柱故居的大门，一股书香之气扑鼻而至。墙上不仅有陈柱的画像，还有黄宾虹的画像。后院有座藏书楼，分为上、中、下三层，也是陈柱潜心读书的地方。康有为亲笔题写的牌匾上"十万卷藏书楼"几个大字依然清晰醒目。陈柱毕生勤俭，唯爱书成癖，每个月都要拿出部分薪水以购买图书。为此，当地村民有一句笑谈："普通农户晒稻谷，陈柱家里就晒书。"中华人民共和国成立后，陈柱珍藏的图书几乎都被送到了广西图书馆保存，光珍贵图书就达十八种之多。

后院花园里种着一棵珍贵的山茶花，至今已有一百多年树龄。据说，这是陈柱当年留学日本时皇后赠送给他的，他千里迢迢带回家乡来种植。山茶花如今仍枝繁叶茂，每年元旦前后都会开出绚丽的花朵，为寂静的庭院增添不少春色。

陈柱和夫人杨静玄共育有三个儿子和七个女儿，在书香浸润和良好家风熏陶下，个个勤学苦练，学业有成。他给长子取名"陈一百"，是寄望他付出比别人多百倍的精力，将来功成名就。七个女儿如七朵金花映照人间，长大成人后散居在世界各地，成为各行业的翘楚。而其孙辈、侄孙辈更是人才辈出，各有千秋。

站在这块古老神奇的土地上，遥望四周，古木参天，村前一马平川，千亩良田稻浪翻滚。萝村背靠大容山余脉白水岭，岭上绿意葳蕤，松涛阵阵。潺潺的泉水汇成一条小河，自西往东缓缓流经村前，汇入北流河。

漫步其中，但见村庄遍种荔枝、龙眼树，白墙屋舍，掩映在绿荫丛中，颇为清静、幽雅。三五成群白发老人在荔枝树下纳凉、拉家常，好一幅悠闲自在的村居图。这，不正如陈柱当年思念家乡所写的那样吗？

　　"龙门斗口万山幽，

　　　鸟语樵歌共唱酬，

　　　想见旧时游钓处，

　　　一湾春水碧如油。"

云雾弥漫绕山间

　　邂逅遇龙河，蓝天白云飞，两岸风光秀，竹排碧水漂。在这青山绿水的仙境中，我记不清越过了多少道堤坎，也记不清多少次凉水湿身……这一路美景、一路逍遥，让人目不暇接，心舒意畅，神迷情醉。流连之时，已经到了竹排漂流的终点。

　　于是，我们打算驱车前往遇龙河景区附近的一家民宿过夜，领略遇龙河的夜景。

　　傍晚时分，山水田园间，但见道路两旁高高低低的房屋错落有致、风格各异，却与山水浑然一体。远处，拔地而起的座座山峰在苍茫的暮色中若隐若现。近处，炊烟四起，晚霞灿然，更增添了一份乡村的宁静和悠远。

　　循着导航，车子驶进一条绿树成荫、花香四溢的乡间小路。转过几道小弯，在一栋木楼前停下。还未来得及从车上拿出行李，民宿主人张先生早已快步从木楼走出来迎接我们。见是一帮柔弱的女性，他热情洋溢地招呼服务员接过我们的行李，并用一口不太利索的普通话请我们到二楼去办理入住手续。

拿着房卡、拖着行李往后院里走去，已是夜幕降临，华灯初上。放眼四周，一串串、一簇簇猩红色的灯笼从每栋楼的楼顶直贯楼底，在满目皆是绿意的山村里显得格外耀眼。打开一楼的房门，宽敞的客房映入眼帘，地板全是厚实的老船木铺就，藤木沙发、桌椅等一应俱全。房间里，靠墙一侧的衣柜移门为百叶窗设计，配上典型的中国红，分外喜庆。隔着玻璃窗朝外看去，树影婆娑，竹叶摇曳。大大的落地窗映照着一池碧水，几尾红鲤鱼在水里悠闲地漫游着。极目远眺，连绵起伏的群山被碧绿的密林覆盖，高高耸立。收眼近瞧，一方茶台让我顿生欢喜，不由分说，在旁边的水龙头接了满满一壶水，烧开泡茶，以慰自己长途跋涉的辛劳。盘腿坐在蒲草垫上，用滚烫的开水泡上一杯浓浓的红茶，畅快喝下，顿感周身通泰，倦意全无，仿佛置身于仙境中。端详四周，时间仿佛凝固了，一切是那样的清静寂然，那样的遗世独立、与众不同。

约莫过了半个小时，服务员过来敲门，招呼我们到二楼餐厅用餐。进入餐厅，一张实木八仙桌摆放中央，古色古香。餐厅墙上挂着不少老物件，电影《刘三姐》的光盘在墙中间极为醒目。大家有序落座后，已过六旬的张先生兴致勃勃地拿出私藏多年的红酒招待大家。一番客套之后，夜色朦胧中，宾主开怀对饮，好不欢畅。

张先生是广东顺德人，不仅热情好客，还甚是健谈。早年在商场打拼积攒了不少财富的他，为寻找远嫁他乡的姑姐，只身来到广西阳朔骥马村。这里绝美的山水风光旖旎迷人，令张先生流连忘返，经过一番人生思考和三年的精心谋划，毅然放弃电器行业高回报的他投入巨资，在"山水甲桂林"的阳朔山野间，建起了三栋五层楼高的民宿，取名"一境山房"。一境山房俨然世外桃源般的度假村落，典型的岭南园林建筑风格，融自然山水风光于一体，厅堂陈设有局，移步换景，鱼池石山，小桥流水，奇花异卉，令人目不暇接……民宿开业至今，颇受中外游客青睐。节假日里，众多急需"透气"的城里人络绎不绝，他们来此休憩、喝茶、漫步，洗尽繁华闹市尘嚣，顿生心旷神怡之感。

夜已深，微风阵阵，星光点点，酒酣人亦醉。大家谈兴正浓，张先生不舍宴席散去，又让店员端来茶水解渴。宾主围坐一起，品茗闲聊。

夏日的酷暑让八桂大地闷热难耐，但氤氲着山涧气息的一境山房，此时却凉风习习。露台上种植的玫瑰花、金银花随风不时传来阵阵幽香，沁人心脾。远处的山峦在朦胧灯光的映照下，似黝黑的荔浦大芋头直立前方。空旷的山野静默沉寂，不时传来几声犬吠，划破夜空的宁静。

子夜时分，我们才起身回到各自房间。一番洗漱完毕，我照例枕在床头刷手机，让满屏海量的信息麻痹因茶水而兴奋的神经。然而，刚躺下不久，未及思绪飞扬，人便进入了沉醉的梦乡。

不知何时，我从朦胧中醒来。睡眼惺忪，打开窗帘，一缕阳光柔和地照进来，窗外的鸟叫和虫鸣相互交替送入耳膜，此起彼伏地歌唱着。轻轻打开窗户，浅吟低唱的微风轻轻地吹进来，伴随着一股清新的空气扑鼻而入。极目远望，山村沉浸在一片雾霭朦胧、烟海扬波的仙境里。

新的一天，又开始了……

美丽南方

　　南方早春，乍暖还寒。细雨霏霏，大地苍茫，溯江而上，沿着新修的江北河堤大道，驶进位于南宁西郊的"美丽南方"休闲农业示范区，一睹在梦里搜寻过千百回的乡村美景。

　　"天一阴下来，冷风就是作弄人，到处都是冷飕飕的。有时空中飘着牛毛一样的雨雾，风大一点就被刮跑了。风一静，这些雨丝就在树叶、草堆、牛背落下，积成一层湿湿的茸毛，树枝子上的蜘蛛网成了银色的网罩，远山和树林罩着轻纱似的烟雾，老不见消散……"这里，雨雾还像六十多年前著名作家陆地在其小说《美丽的南方》中所描写的那样，只是草堆、牛背已极为罕见。如今，蜘蛛网早没了踪影，苍翠的树林掩映的是青瓦白墙的农家小院。青石巷陌里浮动的阵阵暗香，不时在湿冷的空气里弥漫、飘扬，悄悄潜入我们的肺腑。一汪清澈见底的湖水，静静地躺在村子中央，上面还漂着翠绿的荷叶。岸边的棕竹摇曳，蕉叶多姿，桃花怒放。

走进修葺后略显古朴的知青园，"广阔天地 大有作为"的时代口号赫然镶嵌在墙上，当年知识青年义无反顾上山下乡的豪迈和激情仿佛就在眼前。伫立历史留痕处，细细品味诗人艾青、画家李可染、戏剧家田汉及音乐家田汉夫人安娥等文化名人在历史的洪流中，千里迢迢南下参加土地改革所肩负的责任与担当；徘徊公社食堂门前，遥想当年翻身争得解放获得温饱的社员，他们忍痛砸锅卖铁入社，家里无米下锅，倾巢出动排队吃饭的一幕幕往事；踏进农展厅，古朴而实用的各式农具展现着那个年代人们静守故土、顺应自然、日出而作日落而息的生活方式……

各式农家小院错落有致，曲径通幽，庭院深深，大红的春联还未散尽浓墨的余香。抬眼间，一家名为"梓滕苑"的院落如同古木门的两边贴着的"偶离城市喧声远，倍觉山村清气佳"对联，道出了当下城里人在物质生活丰裕后的精神抚慰和心灵需求。再往里一瞧，硕大的瓜棚下摆放着几把褐色的藤椅，中间围着一张方形木桌，几位游客正神色淡定地喝茶、聊天。好客的主人在一旁添茶续水。一只黑白相间的猫儿慵懒地缩在墙角，眯着双眼睡得正香。

如果说，当年的土地改革是为了实现耕者有其田，而如今的农户则洗脚上田，将大片的耕地交给专业的公司打理，然后干着自己喜欢的营生：或经营简朴的农家餐厅，或在午后的斜阳里冲泡杯杯香浓的茶和咖啡，招待慕名而来的客人，可谓十足的安然和惬意。

放慢脚步，闲坐月亮湖边的听雨亭，静听雨打芭蕉，似点点滴滴落在岁月的长河中，思绪又回到美好的从前。在物质生活极度匮乏的20世纪50年代，并不妨碍这片火热土地上的人们追求幸福生活和浪漫爱情。正是这些洒落在人间的美好故事和琐碎的生活片段，让作家陆地有了创作的灵感和生命的激情，《美丽的南方》成为那个年代广西文学冉冉升起的一块里程碑。如今，历经岁月长久的磨砺和演绎，这段印记反而越发精彩，在回眸历史的瞬间，我们骤然发现越是贫瘠的土地，生命就越是润泽和丰富。

临近中午时分，我们已是饥肠辘辘。抬脚拐进路旁的一家小院，主人热情招呼，老板娘亲自掌勺，三番两下，一桌弥漫着乡村风味的饭菜很快新鲜出炉。看着还冒着热气的板栗辣子鸡、香菇肉丝、黄豆焖田鸡、魔芋豆角，还有那绿油油的韭菜、菜心，我们的味蕾顷刻间被唤醒，恨不得马上下箸。好客的老板娘这时端出自家刚酿的甜酒让我们品尝。

　　酒足饭饱后，我们满心欢喜踏上归程。

　　经过村口，一大片正待翻滚的黑泥地里机声隆隆。园区正在推动发展现代高科技农业，瓜果丰收的大幅照片醒目地张贴在路旁的广告牌上，远处大棚里墨绿色的枝叶间结满了红彤彤的草莓，采摘的人群络绎不绝，陶醉在明媚的春色里。

　　邕江日夜东流，见证了多少千古离愁。古老的村落生生不息，焕发新颜。不管时光如何流淌，一旦有了文化的印痕和记忆，乡愁便有了触手可摸的载体。看得见山水，记得住乡愁就不再空泛，也便有了眼前这实实在在的美景。

诗意古岳坡

　　古岳文化艺术村，位于南宁市青秀区南阳镇施厚村，这是一个风景秀丽的小山村，当地人以"坡"为地理单位，称之为"古岳坡"。

　　古岳坡之所以名闻遐迩，是因为它是南宁文化氛围浓厚、民族非遗特色显著、艺术创作气息浓烈、生态环境宜居宜游、村民生活文明富裕的市级特色综合示范村，这些年先后被评为"中国少数民族特色村寨""中国美丽休闲乡村""国家森林乡村""全国文明村镇""广西五星级乡村旅游区"等，是当之无愧的广西乡村文化振兴的鲜明样本。

　　那日，阳光明媚，我们沿着桂柳高速公路行驶大约半个小时，很快进入了南阳地界。尽管冬至已过，天气依然炎热，艳阳高照，天空湛蓝。公路两旁是南方常见的各种绿树花草，紫荆、朱槿、木棉树上挂满了艳丽的花朵。经过一片开阔地带，一池清澈湖水映入眼帘。沿着湖边再蜿蜒前行一小段路程，古岳坡高耸的大门近在咫尺。

在一处看似破旧的残垣前下车，走上黄土斜坡和几级台阶，一幢古色古香木质结构且富有浓厚民族特色的吊脚楼便伫立眼前。房屋的主人应声下楼迎接，经朋友介绍得知，原来他就是跋山涉水走村串户拍摄《美丽的锦绣 壮族服饰》的作者之一梁汉昌老师。

梁老师五十出头，中等身材，两道剑眉乌黑浓密，黑发垂直及肩，很有艺术家的派头。一生致力传播民族服饰文化的他，曾单枪匹马背着老式相机行走于八桂大地的山野村寨，跋涉在云贵高原的山水云雾间。梁老师拍摄了壮、瑶、苗等多个少数民族的精美服饰，出版了多部有关民族服饰文化的图书，也收藏了不少原生态的民族服饰。几年前，他抓住南宁市开展生态综合示范村建设的契机，依托著名作家古笛故里良好的生态环境和自然风光，说服几个搞文化艺术的朋友来到青秀区南阳镇古岳坡租地建房、开设个性化工作室，竭力打造文化艺术村，引来众人艳羡的目光和追随的脚步。

一阵寒暄过后，梁老师便领着我们参观他的工作室。厚实斑驳的黄泥墙上挂着一幅幅弥漫着乡土气息的照片，人物表情自然淳朴，衣着色彩绚丽，唤起了我浓浓的故土乡情。此外，还有他远赴泰国各地讲授壮族服饰文化的照片，以及与泰方人员的合影。一个小小的工作室，生动讲述着独具中华传统文化特色的风土人情，让中华传统文化之美在异国他乡尽情绽放，在场的观者无不为此赞叹。

沿着一条简单的石板路拾级而上，溪水淙淙，一旁的池子里浮着几只悠闲的灰黑鸭子。一间看上去有些年头的黄泥房是那样的醒目。斑驳的墙体上挂着几盏旧马灯，地上堆放着三尺多高的柴垛，青笠蓑衣一应俱全。一扇敞开的木门两侧还贴着大红的春联，上联写着"用植物好染料环保放心"，下联为"品五色糯米饭唇齿留香"，横批"独树一吃"。

我们到门口的时候，梁老师的爱人赖美宁女士身着壮族服装正在室外平地上调制五色糯米饭，空气中散发着植物的阵阵清香，让人垂涎欲滴。五色糯米饭俗称"乌饭""青精饭""花米饭"，因呈黑、红、黄、紫、白五种颜色而得名，是壮族人民的传统食品。

空地的一隅还移植了一棵幼小的榆树，长势不错。旁边翠绿的红蓝草和紫蕃藤，那是制作五色糯米饭的天然植物染料。三年前，梁老师刚到古岳坡时，赖老师还在南宁市埌东小学任教，退休后才跟随梁老师来到古岳坡编织壮锦，传承壮族文化，兼做五色糯米饭，招待远道而来的客人。

　　在梁老师的引领下，我们沿着一条新修的水泥道绕村慢行。

　　古岳坡地呈狭长形，谷底一条小河从村中间缓缓流过，全村六七十户人家散居在两边坡上。自古以来，他们就在这片富饶的土地上辛勤劳作，诗意栖居，享受着大自然的恩赐和古老文化的濡染，人才辈出。八音、采茶戏源远流长，世代相传，历久弥新。正是有了这样的文化基因，才孕育出古笛这样杰出的词作家，创作出声名远播的《赶圩归来啊哩哩》等歌曲。

　　站在村里的文化广场上眺望，青山环绕，绿水环流，翠竹茂林间的青砖灰瓦若隐若现。近看，长廊楼阁古色古香，峰回路转，成了人们茶余饭后休闲纳凉的好去处。村道两边，停车场、公厕、民俗文化展览馆等设施应有尽有。不少路段还专门为艺术创作留出用地。废旧的自行车、淘汰的汽车轮胎、古老的瓦缸等各种艺术造型点缀其间。置身其中，恍如时光倒流，欲在天地间吟咏古人情怀，尽享"爽借清风明借月，动观流水静观山""榆柳荫后檐，桃李罗堂前"的闲情逸致，更有"庭阶寂寂，小鸟时来啄食，人至不去"的欢愉。

　　近年来，青秀区政府出台了多项优惠政策，流转闲置土地，引进各路艺术人才入驻村里创建工作室。路过几栋正在施工的砖木结构房屋，这是艺家们依据个人喜好自行设计、建造的工作室，风格迥异，特色鲜明。

中午时分，长方形的大木桌已摆满了地道的农家饭菜。方才摆放染料的圆形簸箕上，高塔似的矗立着五颜六色的一大团糯米饭还氤氲着热气。待糯米团慢慢散开，似山峰开裂、花朵盛开，一群人围在四周不停赞叹，嘴角已开始嚅动生津。我品尝着清香浓郁的五色糯米饭，如沐春风，揽香草入怀，骤然想起儿时的欢乐，故乡的美好，忍不住从心底吟出："古韵悠悠引凤来，乐音袅袅醉神仙。坡上青瓦映翠竹，这般风景在人间。"客人陆续上桌，席间为助兴，梁老师随手在树上摘了一片嫩绿的叶子，放在唇间轻轻一吹，顿时，悠扬的旋律回荡在山村上空。众人屏声静听，沉醉其中。一旁觅食的几只公鸡忽然停止了走动，也伸长脖子、竖起耳朵倾听，让人惊讶不已。

吃罢午餐，喝着"坡上人家"地道的凉茶，隔着落地玻璃窗看绿树掩映，听鸟叫虫鸣，有种归隐山林的静谧和闲适。耳畔传来"更深月色半人家，北斗阑干南斗斜"的雅韵，更有"鸟向檐上飞，云从窗里出"的诗意……

告别静谧安然的古岳坡，脑海里是挥之不去的浓浓乡愁。遥想不久的将来，坡底那户的二楼阳台很快被掩映在树丛中，伸手便可采摘树上那金黄色的柚子，会是怎样的一种欣喜呢？坡中那一眼接通山涧清冽的泉水，呼朋唤友来品茗、围炉夜话，又会有怎样的一番清雅？午后或黄昏随意走动串门，会不会"三人七步遇贤哲，五经六艺有知音"……

乡间拾贝

春节将至，每年在这个时候"三下乡"活动便开展得如火如荼，深受基层百姓的欢迎。那年冬天，我有幸跟随一个文艺小分队到桂北几个少数民族自治县"送戏下乡"。

清晨的太阳普照大地，和煦如春。大巴车满载着演出需要用到的道具、服装奔驰在高速公路上。灰色的吊脚楼被掩映在窗外的青山绿水中，层层叠叠，错落有致，炊烟袅袅，宛如一幅中国田园山水画。车上一路欢歌笑语，每个人的脸上都洋溢着兴奋和喜悦，好不热闹。

到达目的地后，演员们稍稍歇息一会儿，就马不停蹄地化妆、扮相，开始为表演忙活起来。无论是在侗寨风雨桥上，还是在苗家吊脚楼前，抑或是在壮寨木楼里，都密密麻麻地挤满了人。从四面八方赶过来的男女老少更是里三层外三层地把演出的广场围了个水泄不通，黑压压的一片。现场叫好声四起，高音喇叭里传出阵阵欢歌，戏台上咿咿呀呀，呼应着春节即将到来的欢快与喜庆……置身其间，看人头攒动，听歌声飞扬，我仿佛又回到了孩提时代，那一幕幕盼望过新年的情景开始萦绕心头……

演出结束后，大家都回了酒店休息，我抽空到当地的圩场逛了逛。

一到圩场，就听到一阵阵的吆喝声、讨价声、争论声，各种声音混成一片。地摊一字排开，摆放着许多平时难得一见的冬笋、野生菌及香菇等各种山货。商贩的木架上挂着的腊肉、板鸭、烤鱼被烟熏得黝黑通亮，正散发着一股股浓浓的特别的香味。那一刻，我仿佛也看到了家乡挂在屋檐下的一排排整齐的腊味，那是家乡腊月里一道亮丽的风景，一家老少早晚进进出出，抬头看一看，不用吃，幸福的笑容便写在了各自脸上。

拐入一条小巷，经过一家山茶油加工店，门口摆放的一摞摞又圆又大的茶饼吸引了我的目光。我上前好奇地询问这是做什么用的，老板耐心地告诉我说这是茶麸，也称"茶枯""茶籽饼"，是茶籽榨油后剩下的渣料，将饼捣碎浸泡后可用来洗发，对头皮和头发都有非常不错的保养效果。走在街上，一个个侗寨妇女披着长长的飘逸柔顺的乌黑秀发从我身边经过，我好生羡慕她们如今还能用上这么原生态的洗护用品。按捺不住蠢蠢欲动的心，我半途忙折回去让老板挑了一些方便携带的碎渣，再用塑料袋仔细包好，高兴地买下，拎回酒店。

在乡间逗留期间，还认识了一位刚从外地返乡过年的花甲老人，他正是当地俗称"墨师"的杨师傅。走进侗寨，一座座不用铁钉仅以榫卯衔接的吊脚楼令人惊艳，而墨师则是吊脚楼营造工程中的灵魂人物。一个墨盒，弹动墨线，就能全凭脑海中的设计，指导木工完成精准完美的构建步骤，随山势建起一座座绝不重样的侗家吊脚楼。杨师傅衣着朴实，神情安然，跟村里别的老人没什么两样，但他一年里大部分时间都在大城市里做监工。工具箱里的刨子、斧头、锤子、尺子、墨斗、墨线、刻刀是他的全部身家，也是必备的行头。靠着这些祖传的家当，一年下来，杨师傅比村里外出打工的年轻人挣得还多。"刨子、锯子有电动的替代，能省不少体力活，但要建木房子，这些还是没法替代的。"杨师傅在给我们介绍时，脸上神采奕奕，眼里都是得意的神色。看得出来，他很为自己拥有这祖传的手艺感到骄傲和自豪。

长途跋涉回到家，洗尽一身的疲乏后，我小心翼翼地从行李箱中翻出那些在侗寨购买的小物件，摆在沙发上，仔细欣赏。这趟乡间之行的"战果"还是相当不错的，既收获了巧夺天工的手织壮锦、刺绣荷包，又收获了各式风味的点心、坚果，还有正宗地道的腊味、细腻香滑的糍粑……尤其那只装有灵香草的香囊，让人爱不释手。我闭上双眼，凑近鼻子闻了又闻，香气清幽淡雅，仿佛从宁波天一阁徐徐飘来，令人沉醉不已。清代诗人袁枚有诗云："久闻天一阁藏书，英石芸草辟蠹鱼。"据史料记载，明代大藏书家范钦曾在岭南为官，驻守浔州（今桂平市），得知瑶山密林深处生长的一种芸草是天地宝物，将其采摘烘干后，置于书柜，不仅能驱虫，且香气经久不散，于是他便带着芸草回到家乡宁波，放置于天一阁。正是采用了汲取天地精华的芸草防蠹，才使得天一阁在众多古藏书楼中一枝独秀，闻名天下。而这芸草，即灵香草。

先前听朋友说，茶麸是天然绝好的有机肥料，施用后可提高土壤肥力，因此，我便试着把浸泡过的茶渣收集起来，分别埋在阳台各个花盆的泥土里。春节过后，转眼到了第二年的春天。阳台上的各种花卉已长成一小片大花海，花色娇艳欲滴，每位到访的客人都赞不绝口，心生羡慕之情。

看着这些蓬勃待发的生命，我开始懂得了养花人的乐趣所在：在自己的精心打理下，当生命的种子萌发，开出灿烂之花的瞬间，会喜悦、会惊叹、会感动——感动于自己能创造生命，感动于自己能看见生命，感动于自己能延续生命……回想起养育女儿的十几年里，自己又何尝不是一个"养花人"呢？萌芽初现，在她心中播撒希望的种子，小心呵护；求学路上，精心打理，为她铺就获取知识的土壤，帮她消除疑惑、沮丧、迷惘，助她茁壮成长；当暗夜来临时，耐心呵护，用美好的故事沐浴、浇灌她，使她对未来充满希望，蓬勃绽放。好在，经历了十余年寒窗苦读，女儿终于考上自己心仪的大学，漂洋过海，远赴英伦读研，圆了一个她追随多年的梦想。

我期待，自己所播下的这颗种子能在自己的生命节律里自信从容地生长着，不惧酷暑，不畏风雨，待开花的那一天，定然会开出一种别样的韵味，不逊于娇艳的玫瑰，更不输于高贵典雅的牡丹花……

烟雨鹅泉

　　在我办公室的一面墙上，常年挂着一张鹅泉风光的老照片：杂树丛生，芳草鲜美，落英缤纷，若隐若现地倒映在清水中。每天案牍劳形后，只要抬眼看到这张照片里清新淡雅的古朴画面，便消解了我大半疲惫。

　　有一天，终于有机会来到了素有"小桂林"之称的边境小城——广西靖西，才得以一窥鹅泉的"庐山真面目"。

　　隆冬时节，细雨拂面，一路风光无限，惹人心醉。到达目的地时，正是中午时分。雨中的鹅泉笼罩在一片朦胧中，泉水从石灰岩缝隙中涌出，汇入深潭。流水潺潺，碧波荡漾，水色空蒙，麻桑点染，翠竹婆娑，与不远处连绵的青山相互映衬，似一幅山黛水绿的山水画。

　　鹅泉，又叫"灵泉"，因位于靖西城南约五公里的小鹅山麓而得名，是靖西著名的八景之一，已有七百多年的历史。据悉，鹅泉与云南大理的蝴蝶泉、广西桂平西山的乳泉齐名，被誉为"中国西南三大名泉"。鹅泉又是亚洲第一大跨国瀑布——德天瀑布的源头，是华南地区珠江的源头之一。

第一次听到"鹅泉"这一名字，我曾以为它会事关一个凄艳哀婉的爱情故事，听了当地导游的解说，才知道关于这一名称的由来。一说是鹅泉因水四季不涸，水质清澈如镜，周围山峰如屏，景色优美，花草树木繁茂，各种植被丰富。登高远观鹅泉，鹅山就像一只鹅躺在碧绿的泉水上，故名鹅泉。另一说来自一个美丽的神话故事。据清道光《归顺州志》记载，鹅泉水在城西南十五里，世传有杨媪于野外拾得二卵，以苇覆之出二鹅子，养之泉地，鹅搅水成潭，深不可测，故曰鹅泉。

沿着蜿蜒的石径小路慢行，突然，一汪清潭如仙池般出现在我们面前，原来，这就是鹅泉河。低头一瞅，水体通透清澈，几尾拇指般大小的鱼儿簇拥在岩石和水草间畅游，或停留憩息，或快速穿梭，时而露出白色的肚皮，时而摆动轻巧的尾巴，像乡间嬉戏玩闹的顽童，好不快活。

河水洁净如玉，映衬着蓝天、白云、青山的湖面。在烟雨朦胧的笼罩下，我们继续前行。流动的河水渐渐由浅变深，有一种油画般高贵而神秘的色彩，水底绿油油的水草和形态各异的石头依稀可见。靠近泉眼附近，水色已全然变得深邃起来，水面绿波轻漾，温润澄碧，犹如一块美玉静卧泉底。"西南第一泉"的牌子立在泉眼醒目处。据说，曾有日本游客将此水样带回国化验，发现鹅泉水比日本市面上卖的纯净水还要洁净，因此鹅泉又被日本人称为"天下第一净水"。

水汽氤氲在幽静的河面上，成群的鸭子悠然地啄着水草，不时钻入河底寻找鱼虾果腹。岸边，几位悠闲的垂钓者平心静气地端坐，一副悠闲的样子，长长的鱼竿不时随着河水起落、漂移，上下跃动。鹅泉盛产鲤鱼是远近闻名的，据说古时阴历"三月三"这一天，人们会往泉里撒米饭，敲锣打鼓，祭拜鹅泉涌水给世人带来的富足。此时，泉中的鱼儿争食，浪花飞溅，呈现"鹅泉跃鲤三层浪"的景观。

远处的农田阡陌纵横，满眼是绿，村人在地里劳作着。金灿灿的油菜花映衬着怒放的格桑花，在寒风中摇曳生姿，引来游客驻足流连，拍照留念。池塘里的水车有节奏地旋转着，发出吱呀吱呀的声响，犹如一支支古老的歌谣，把人带回了久远的从前。绿树繁花掩映中，隐约露出几户农家小院，这样幽静而甜蜜、安逸而闲适的田园小景顿时让人感到心旷神怡。

随意走进一家农家乐，壮家大嫂热情招呼我们入座，捧出刚煮好的浓烈姜茶，递上一页菜谱，如数家珍道出当地最具特色的美食。习惯了大鱼大肉的我们，听闻用河里的水草配上当地的土鸡蛋可做成香喷喷的煎饼，顿时味蕾激发，舌尖嚅动，恨不得即刻下箸品尝。一阵海阔天空的"神聊"后，一道道热腾腾的农家地道小炒新鲜出炉，香菇炖土鸡、香煎河鱼、清蒸斑鱼被陆续摆上餐桌。我们哪顾得上什么斯文，迫不及待地，三下五除二，美食很快一扫而空，而食客也满齿留香。酒足饭饱，闲步登上二楼的观景台，只见长长的竹竿上密密麻麻地挂着一簇簇金黄的老玉米，颗粒饱满，色泽晶莹，丰收的喜悦弥漫在乡村上空。放眼远处，几条新铺就的水泥路似一条黑绸带从村民的家门前舒展开来，沿着山坡蜿蜒盘旋至前方。寒风烟雨中，一群孩童在路边嬉戏，他们互相追逐，手里拿着塑料吹管，将它放在嘴边轻轻一吹，就飞出许多美丽的小泡泡，上下飞舞着。赶着一群牛的农夫，头戴斗笠挡着密密的雨丝，慢悠悠地往家的方向走去，叮当叮当的牛铃铛声此起彼伏，仿佛在叫醒沉睡的春天。

告别农家餐馆，走在田间的水泥路上，回望如屏的群山，四季流淌的泉水，人们安详、平静地生活着……突然间我有种惆怅的感觉，脚步迟迟不愿挪动。这不就是陶渊明笔下的《桃花源记》吗？"土地平旷，屋舍俨然，有良田美池桑竹之属。阡陌交通，鸡犬相闻。其中往来种作，男女衣着，悉如外人。黄发垂髫，并怡然自乐……"不禁感慨，"吾心安处是故乡"——原来，安放灵魂的绝佳去处近在眼前。

"半亩方塘一鉴开，天光云影共徘徊。问渠那得清如许？为有源头活水来。"这，或许正是鹅泉的真实写照。

夜宿青秀山

南宁，一座有着一千六百多年历史的城市，虽然没有中原黄钟大吕的惊艳，没有齐鲁大地的圣贤遗风，没有江南亭台楼阁的古韵风雅，但有着同样深厚的文化积淀，更有着独特的人文内涵。在漫长的历史长河中，骆越文化与中原文化在这里碰撞与交融，逐渐形成了自己的风格，包容大度是这座城市的品性，钟毓灵秀是这座城市的风格。

南宁简称"邕"，是中国大西南出海通道的重要枢纽城市，也是沟通中国和东盟的前沿城市。南宁地处亚热带，地理位置优越，气候湿润，是各种野生植物、珍花异草的天堂，也是诸多药用植物的乐园。城内风光旖旎，繁花盛开，被中外游人盛誉为中国的"绿城"。著名作家汪曾祺曾挥笔写道："铜鼓声声犹在耳，桄榔叶叶不知秋。"在树影婆娑中，在南湖碧波上，在苍翠的邕江两岸边，绚丽多姿的文化气息四处弥漫，清雅袭人，活色生香。

坐落在邕江北岸的青秀山，是上苍赐给南宁的绿色屏障，也是南宁市区最大的"绿肺"和"花海"。青秀山又名"青山""泰青岭"，因山峰峻秀挺拔、林木青翠而得名。其面积庞大，总占地面积超过四平方公里，由青山岭、凤凰岭等十八座大小岭组成，其中主峰海拔近三百米，整个景区内有着葱葱茏茏的亚热带雨林，群峰叠翠，山峦起伏，泉清石奇，素以"山不高而秀，水不深而清"著称。这里绿树掩映、植被葳蕤，一年四季鸟语花香，景色宜人。空气中富含负氧离子，是游客旅行观光、寻踪探幽的好地方。早在东晋时期，就有壮族先民在此游玩；到了隋唐时期，更成为当地人游山玩水、吟诗作赋、烧香祈福的好去处。古往今来，多少文人墨客在此流连忘返，留下千古佳话。山中至今仍保存有明清时期的古迹和名人文士的各种题词。有一首古诗更是对青秀山表达了无限的赞美——"青山四时常不老，游子天崖觉春好，我携春色上山来，山花片片迎春开"。

久居闹市，难免向往山居静谧的生活。多年前的一个周日下午，好友三五遥望着青山顶上那一座高高的宝塔，当即相约带上帐篷，前往青秀山，来一回夜间探幽寻胜。

沿着蜿蜒的盘山公路前行，在半山腰的一处宽敞地驻车停下，徒步在苍翠欲滴的深林中。沿着台阶往上走，一扇刻有"萧台"字样的石门矗立眼前。传说很久以前，有个壮族青年善于吹箫，经常坐在这石台上等待与他相会的恋人。箫声婉转悠扬，引来百鸟齐鸣、欢唱，"萧台"由此得名。

爬上陡坡，眼前展开一片开阔的高地，四周不仅有高大的玉兰、木棉、无忧树和树干虬曲似伞盖的紫薇，还有花开正艳的巴西野牡丹、红杜鹃、黄蝉……置身其间，放眼四周，远处的山峦层层叠叠，若隐若现，近山如黛，沟壑纵横交错，清晰可见。

从原路下了台阶，背上行囊，沿着盘山公路的主干道继续前行。约莫半个小时，穿过一片绿茵茵的草坪直逼山顶，高耸的龙象塔映入眼帘。龙象塔也叫"青山塔"，始建于明万历四十六年（1618年），是青秀山的象征。塔高九层，海拔204米，塔内设旋梯207级，因"水行龙力大，陆行象力大"而得名。山上林木茂盛，遮天蔽日，清风吹过时，发出海涛般的声浪，形成青秀山著名一景——青山松涛。登上塔顶，心境开阔，眺望方圆数十里的风光，南宁秀美的景色一览无遗。伫立于这座在摇曳多姿的历史风云里饱经沧桑的巍峨宝塔前，不禁低吟那句碑文："每当夕阳西下，皓月方升，江船夜白，余响悠悠，令人悠然遐想不尽云云……"声声字字融深意，明代礼部尚书萧公云举的桑梓情怀让人动容。

沿着千年古道遁入茂密丛林，在遮天蔽日的密林中，只见一引颈石雕龙头伫立在岩石上，嘴里喷涌而出汩汩清泉，溅入一碧清池。池中有莲，几尾鲤鱼在游动，悠闲自得。梦见千百回的董泉已近在咫尺，顾不上矜持，掬着双手捧起泉水连喝了几口，甘甜如饴。据史料记载，明嘉靖三十七年（1558年）至隆庆元年（1567年），因弹劾大学士严嵩，刑部主事董传策被谪戍广西南宁。一日，在撷青岩南侧，董公惊喜地发现有"清若水晶，甘若凝露"之泉水从石中流出，遂取名为"混混泉"，并常在此地徘徊、流连。后来，左江兵备徐浦和郡守方瑜为了纪念董传策发现此泉，将其改名为"董泉"，并在泉右的石壁刻上"董泉"二字。至今，池中左上方石壁上仍刻有徐浦所题《董泉》诗句——"一派甘泉泻石涌，石龙暂卧此山中。商霖自是苍生泽，祗令邕南忆董公"。

太阳已经下沉，天色渐渐暗淡下来，夕阳殷红的余晖还挂在天边。我们从行囊里拿出茶席铺在池边的空地上。勤快的韦姐把刚接的泉水倒进铁壶，生火烧开，在席边铺上几个圆形的坐垫，再摆开几只青花瓷小杯，将煮沸的茶水分别倒入公道杯和小茶杯里。众人盘腿而坐，一边闻着自然的芳香，一边品着茶水的清香，别有一番滋味。一杯清茶过喉，李君便开始点燃便携式酒精灶，将清澈的泉水倒入平底锅煮开，用筷子将挂面和鸡蛋挑入其中，再放上适量的盐翻搅，一会儿的工夫，一股清新透凉又略带微甜的奇妙味道在空中飘传开来。徐君打开瓶装的面条酱，用小汤匙舀出些许倒入一旁的杯碟。大家围坐成一圈，吃着这用青秀山山涧泉水煮的野餐，可谓"集万物之精华，美味自从天上来"，每个人心中都有种说不出来的新奇和满足感。

百鸟归巢，杜鹃啼鸣，夜幕降临，天空如同一块巨大的彩色画布，将整个世界笼罩其中。大家放下碗筷杯碟，钻进帐篷躺下，凝神静听大自然的天籁……幽幽的山风从黑黢黢的树林吹来，时而勇猛，时而轻柔。潺潺的溪流在近处流淌，时而高亢，时而悠扬。草丛里青蛙呱呱，此起彼伏，一浪高过一浪，互相唱和，遥相呼应，像奏响了一曲快乐的交响乐。皓月当空，蛙声渐渐消寂，万籁俱寂时，一阵鸟鸣仿佛从天外传来，那么哀怨，那么悠长，让人一下睡意全无，不禁想起杜鹃啼血的美丽传说："杜鹃花与鸟，怨艳两何赊，疑是口中血，滴成枝上花。"那份清幽，更增添了愁思的绵长。

次日一早，睁开蒙眬的双眼。晨光熹微，天刚泛出了鱼肚白，将远处的高楼渲染、渗透。晨雾像一尺纱，鸟翼划开远方的云，几缕阳光从缝隙间流溢下来。我叫醒正在酣睡的同伴，大家一起赶往高处的观景台。此时，天际的暖阳正冉冉升起，一瞬间，天边泛起亮光，现出了一道红霞，红霞由橘红、淡黄层层散开，织成一匹软烟罗，仿佛古代仕女的翩然舞袖。紧接着，天空似打翻了调色盘，光芒万丈的大圆球从山岚之巅喷薄而出，照亮了大地的每个角落，人间顷刻被镀上了一层浅碎的金色。

大地已苏醒。天空，如一汪春水融入了一滴奶白色的汁液，氤氲成千丝万缕的云卷云舒，澄澈得有些不可思议。路旁的花草树木，因为夜露晨雾的浸润，恣意伸展、开放，又重现了白昼的风采。身手敏捷的松鼠在高高的枝丫间上蹿下跳，四爪腾空样子活像一个个飞翔的超人。早起晨练的老人提着各式塑料水桶，神气满满地走向董泉。寂静了一夜的鸟儿又开始在枝头欢快地鸣叫起来，声音悦耳动听，静谧的山林充满了勃勃生机……

庭院深深大芦村

　　位于广西钦州市灵山县佛子镇的大芦村是广西三大著名古村镇之一，享有"广西楹联第一村""中国历史文化名村""中国最美古村落"等盛名。

　　大芦村原本是芦荻丛生和荒芜之地，十五世纪中期始有人烟。明朝嘉靖年间，县儒学廪生劳经卜居大芦村，为大芦劳氏始祖，繁衍生息十九代，相继兴建了三达堂、双庆堂、东园别墅。经过劳氏先祖们的开发，至清朝中期，这里已由当初芦荻丛生的荒野发展成由十五个姓氏居民杂居的大村场，并以始建时所在物产或地形标识命名为蟠龙堂、杉木园、陈卓园、东明堂等。为了使后辈不遗忘祖先的创业艰辛，先辈遂给村子取名"大芦村"。

　　走进大芦村，最先映入眼帘的是一片岭南特色的古村落建筑，依坡而建，前傍鱼塘，连绵起伏，屋脊层叠，这里是目前广西保存最为完好的明清民居建筑群之一。每个群落为外封闭、内回环的形式，尤其东园别墅檐廊纵横，迂回曲折，犹如迷宫。一个小村庄有沉淀了几百年的民俗文化、古色古香的建筑、鬼斧神工般的雕梁画栋、厅门堂内高悬的古匾……院内一门一窗、一砖一瓦都让人感受到一种历史的厚重感、沧桑感。

抬脚跨入东园别墅，只见园内开阔，青石铺就的前庭足有七八十平方米。庭院深深，回廊幽长，午后慵懒的时光在这古色古香里拉长，韵味十足。宅内最引人注目的是那些镌刻在柱子上的楹联。楹联长的有十余米，短的也有两三米，以修身、齐家、创业、报国为主旨，涵盖天文、地理、人文、历史，甚至治国理家等内容，既有写景状物，抒情寄怀；有教诲人们修心养性，严于律己；也有劝导人们立身处世，德才为先；还有晓谕人们笃学励志，利己利国的。作为"广西楹联第一村"，这里的百姓将进取之心写入楹联中。它们，既是时代发展变迁的见证，也是劳氏家族百年兴旺、生生不息的传家之宝。劳家先祖正是以耕读为本、富而思进，以天下为己任的开阔胸襟和家国情怀，培育出县、府、儒学和国子监文武生员102人，其中47人出仕为官，78人获明、清历代王朝封赠。这些人才提振了当地经济，造福了一方百姓。"东升日丽春光好，园集云盈景象新""和气盈门迎瑞气，春光满眼映文光""积善之家必有余庆，资富能训惟以永年"……品读那一副副极富哲理的楹联，感叹遵循日出而作日落而息的村居生活，既不误农时播种收割，又能在农闲时节家家闭户读书、人人灯下掩卷沉思，晴空赏月，窗下听雨，好一幅天地纯净书声琅琅的农耕清闲图。

步入屋后的花园，这里花草灵动，蝉声悠扬，如同置身清凉境地。劳氏先人讲究风水格局，自建造第一座古宅起，就着力营造与周围环境和谐相配的氛围。宅居的设计，既考虑依山傍水，又考虑天、地、人、环境的关系。另外，大芦村古宅多是砖木结构，墙体多为里生外熟或上生下熟（墙体外部或下部为砖窑烧过的青砖），墙体里面或上部为泥砖。这种做法，除了使墙体外部可经受雨水的冲洗和墙体下部能坚固地承载房子的重量，还考虑了"火、木、土"的互补关系，使房子具备冬暖夏凉、回南天不潮湿的优点。

从花园后门出去，不远处有一棵古树，两个大人牵手也围不住它。树高八丈有余，树冠覆盖地面直径为十米左右。它的周围，因绿成荫而显得生机勃勃。环顾四周，村里村外，古树参天，笼盖田野，历经几百乃至上千年的古树仍然枝繁叶茂，生机勃勃。清代诗人吴必启曾留诗赞大芦村："宅绕清溪耸秀峰，松林鹤友晚烟笼，小楼掩路斜阳外，半亩方塘荔映红。"在大芦村古建筑群落的房前屋后，那些吸纳了日月精华和山水灵气的荔枝树、香樟树、槎树，树皮苍裂、枝干如虬、苍翠盘郁，与村中的古民居相映成画。

大树下，围坐石凳乘凉的村民大都衣着朴素，白发苍苍，脸上皱纹密布，岁月在他们脸上刻下深深的印痕，但老人们神态自然，一脸温和，不分彼此相互拉着家常。树荫下，孩子在追逐、嬉戏，也有下棋或做点针线活什么的，有的甚至铺上一块席子或拼上几张板凳，美美地睡上一觉。就连大黄狗也蹲在树下，伸着长长的红舌头呼呼地喘气。一阵风吹过，树上的叶子随风摆动，好像在为乘凉的人们扇风。

走着、看着、品着，远处忽然传来震天的锣鼓声。快步穿过几条小巷，来到一棵数百年年轮的大榕树下，锣声鼓点再次响起。只见几个民间艺人将奇异的面具往脸上一挂，古老的服饰往身上一穿，随响亮而有力的鼓声，挥动着刀枪剑戟，跳起了一种神秘的舞蹈。

原来，这就是延续千年的传统民俗——跳岭头。跳岭头是灵山大芦村"岭头节"中的重头戏，源自当地古代一种驱鬼逐疫的祭祀仪式——傩。作为古代傩舞的遗存，灵山跳岭头保留了古代傩舞头戴面具、身着彩衣、手执武器起舞的艺术特征，又与"秋社"等广西地方民俗相结合，加入了"宁谏议""朱千岁"等地方名人作为傩祭主神，以高边锣、小马锣、象鼓（即蜂鼓）作为伴奏乐器，发展出"跳三师""跳师郎""跳四帅""跳忠相""耍界""跳下罡"等多个舞段，形成了自身独特的舞蹈风格。面具的制作、使用、存放都是男人的事情。因此，每到岭头节前，必有"开箱"仪式，岭头节后，又有"封箱"仪式。一切都是那么的庄重、规范。

看到这群古铜色皮肤的男人在草地上尽情起舞时，我的心一次次地被震撼。民间艺术让乡间的生活气息是如此的厚重，让我们这一群整天忙于生计的人惊叹于它的朴素与瑰丽。

入夜，村民们在酒足饭饱之后，陆续来到跳傩舞的地方，围坐一起，一起分享着舞蹈的快乐。从"开擅"到"扯大红""跳三师""拜四师""舞五雷""五雷灭妖""庆丰收"等，每一段舞蹈都在述说着乡亲们对自然天灾的一种抗争，对生活艰辛的一种发泄。随着明快有力的节奏，他们摇摆着、跳跃着，在苍茫的夜色与红红的篝火里，跳出了他们对自己过去付出的辛勤，也跳出了他们对来年生活的期盼。

夜深时，清凉的秋风从暗黑的山庙吹来，舞者早已湿透的衣裳散发出淡淡的烟草味，鼓声仍然那样有力，响彻于天地之间……

土地山下

沿着平铺如毯的柳江，车子驶入一段弯弯曲曲的乡间小路。路边的野草野花迷蒙了双眼，蔚蓝的天空越发清晰。云朵下是碧绿的田野，点缀其间的是白墙灰瓦的农舍。一条小溪蜿蜒而下，十余户人家沿溪水边坡一溜排开，间隔不大。每家房前屋后开着各色艳丽的花，蜀葵、月季、金鸡菊、蓝雪花、向日葵……令人目不暇接。

半个小时后，到达目的地，我们的车子停在一栋农家小院大门外。

信步走上八级台阶，推开虚掩的木门，空无一人，只见院子里正架着一只烤得焦黄的羔羊，羊的正下方还放着一盆燃得正旺的炭火。敲门打听是否有人在家，不一会儿，从屋内走出一位中年男子，告诉我们要找的照哥就在不远处溪边的坡上。顺着男子手指的方向远远看去，一栋白色的两层楼房立在一个长方形的院子里，入口处正敞开着两扇大木门，高高的木门两边贴着大红对联，门前金黄色的向日葵开得正绚烂。

要找的人已近在眼前，我和同伴也不急了，在隔壁的一家"时光小院"停下脚步，静享午后悠然的时光。

小院的左侧是一间黄土垒就的瓦房，长凳上摆放着黑色的铁壶，屋檐下垂挂一幅"人间烟火味，最抚凡人心"的书法作品。正在花间流连之际，屋里传出一阵细微的谈话声。得到应允后，我和同伴抬脚进屋，只见左厢房布置清新淡雅，正中间摆着一张长方形的条桌，六边形的橱窗旁是一盘翠绿的竹枝盆景，造型独特的陶瓷茶杯映照其间。不禁畅想，若是能在午后的斜阳里，和着昏黄的灯光，三五好友围坐在一起，吃着西瓜喝着茶，凉意自来，该有多惬意。

见不速之客到访，主宾起身迎来。屋子的主人韦先生热情好客，他介绍说，自己是做雕塑的，房子的设计源于对空间规划和景观设计有着较高的要求；近年来生意不好，就把城里的工作室搬到了山里；这里租金便宜，又远离繁华闹市，可以安心创作微盆景、陶艺，同时对接各种研学活动，以维持基本的生计。

从韦先生的屋里出来，满心欢喜的我们又走

进另一家虚掩大门的院子。这里的环境同样也很幽雅，进门左侧搭了一方空旷的茶室，一把躺椅自顾怜惜，仿佛在等待主人归来。芒编的圆凳随意摆放在长条形的桌边，长长的竹叶在风中摇曳，鸢尾花宽厚的叶子环绕左右。我们坐下歇息，抬眼见"抱琴看鹤去"的一幅书法作品挂于北面一面木墙上，看落款及印章便知是当地书法名家所赐。

赏罢两家的风景，才移步高坡上照哥租住的家。抬头细看大门上联"庐舍拥乡愁老屋清风明月"、下联"深谷避喧闹古树鸟语花香"，主人的喜好一目了然。推开一扇木栅门，进门后与从未谋面的照哥握手寒暄。女主人潘慧玲姐姐很快端上一盘鲜红的冰镇西瓜，一口咬下去，汁水四溅，清甜香脆，好不解渴。两只黄褐色的小狗憨态可掬，摇着尾巴围着主人和客人嬉闹。一旁的泰迪犬似有不甘，一副闷闷不乐的样子，仿佛被新宠夺走了主人的怜爱。

对照哥的钦佩源于一张特别的照片。几年前，融水大山深处暴发了一场洪水，习惯在山旮旯里"刨"新闻的照哥熟悉苗寨的一切，二话不说，带上设备说走就走。因为信号中断，他在大山里消失数十个小时，最后跋山涉水带回了灾区抢险救灾最新、最真实的视频及照片，因此获得当年中国新闻奖媒体融合奖一等奖。

在照哥家花繁叶茂的院子里坐定后，眺望远处重峦叠翠，柳江日夜滔滔。照哥一边照顾几只刚收养不久的土狗，一边讲述他选择来山里居住的缘由。他的夫人潘慧玲从教师岗位退休后，一直有一个愿望——想要过上既可以亲近大自然，又可以种菜养鸡，"采菊东篱下，悠然见南山"的生活。于是，在朋友张兰州的鼓励下，照哥便和夫人在土地山屯租了村民闲置多年的房子，连同屋后的那片林地果树、屋前几块菜地一同打理。去年冬天，院子前面金灿灿的柿子挂满了枝头，一派"柿柿如意"的丰收景象尽收眼底。

讲起山居岁月，照哥满脸的自豪和幸福。他和周边的几户邻居相处融洽，相互知道大门小门的钥匙放在何处。谁家要是有事进城了，猫狗就托付邻居喂养，不让它们挨饿受冻，四处流浪。

梁志坚是照哥的邻居朋友，他是广西工艺美术大师，主攻微雕刻艺术。不久前，他驱车来土地山屯，发现这里的房屋多为黄土垒就，年久失修几近坍塌，于是他也租下其中的一栋，经过简单的修缮和打理，带着三位徒弟在此"隐居"，静心做雕刻创作。他们的产品在文玩界有一定的知名度，全在线上销售。我们到访时，他的三位徒弟正在专心致志地雕刻山核桃，一旁的蓝色鹦鹉站在主人身边，一点都不怕生，神情悠然自得。

傍晚时分，又有几个照哥的朋友慕名上山。做得一手好菜的伟哥带着新鲜食材从车上下来，年近半百的他厨艺了得，在市中心开了一间螺蛳粉特色餐厅，多次上过中央电视台的美食节目，一直在不遗余力地推介柳州网红产品螺蛳粉。大家通力合作，淘米、洗菜……一番操作，色香味俱全的菜品很快便端上了桌。地道的食材，经过精心的烹制，早已勾起了大伙的味蕾。依次落座后，大家推杯换盏，相互祝福，不亦乐乎！

山村的夜晚安静极了，偶尔传来几声犬吠和昆虫的低吟。

下山途中，星光点点，夜色更浓。愿不久的将来，这里群芳荟萃，群星闪烁，绽放更多的文艺之花。

乘物感怀

做一个风一样的人

吹过

无痕

自由飘荡

静享岁月安好

静待花开花落

一本书的命运

拉丁文里有一句古谚："连一本书都是有命运的。"的确，世上万物皆有其特有的命运，书也如此。

有些书，可能一出生就带有优秀的基因，驾着五彩祥云，受到无数人的仰慕与祝福，随后大红大紫。有些书，可能一出生就是个意外，一辈子走来命运多悲多艰，灰头土脸悄无声息地躲在深闺无人知。而倘若把书的命运与写书人的命运连在一起，情况就更复杂。看书的人和哪一本书结缘，有着很多偶然的因素，就像你和谁结友、和谁成亲，都需要缘分，要不人潮如海，你为何独独就对他情有独钟？

多年的职业生涯让我对书有了某种好感，甚至深深地爱上了书。办公室棕褐色的书柜里除了专业书籍，还会放有部分我喜欢的其他图书，闲暇时偶尔翻翻，总会有所收获。这些书，有的变成心灵鸡汤，消解了我人生路上的许多心结和不快，成为治愈我心灵创伤的灵丹妙药；有的，向我打开了一扇崭新之门，引领我走向一个充满力量的世界……我早已忘了，这一些书，冥冥中是受谁的指引买下了它们？因何让它们在我的书柜里安放了这么多年？它们的外表是如此的质朴、简洁，个中却大有乾坤。它们陪伴我度过了无数个漫漫长夜，熬过冬天的寒冷，躲过秋天的萧瑟，看见春天的烂漫，让我心里开出朵朵知足、幸福的花……

对于读书人和写书人来说，书就是命，甚至比命还重要。而写书人与看书人之间的交往，也如同对一本书的情谊——悄无声息地进行，没有什么桃园结义的仪式，只是一种心灵的交流和温暖，放任于这似水流年。有时，这位书友虽然很困窘，但因为和自己气味相投，一旦结上缘，就无比珍爱、无比珍惜，惺惺相惜。

最近，朋友L君跟我讲述了他的一本书的命运。

L君是一位颇有名气的资深作家，多年来勤于文字耕耘，对世间万物无不充满好奇。长夜漫漫，孤灯清影之下，他文思泉涌，写下上百篇酣畅淋漓的文稿，或深锁抽屉，或存于电脑，或发表于各类报刊。工作之余，L君醉心创作，通过文字抒发胸臆，展示理想抱负，感悟平凡日子的浓淡闲适，在业界赢得不少好评。终于有一天，慧眼识珠的出版社编辑像发现新大陆似的发现了他的微言大义，三番五次登门索稿，颇有"不破楼兰终不还"的架势。L君被他们的诚意打动，于是"闭门谢俗子，与汝不同调"，夜深人静，喧嚣褪去，把自己的灵魂安住在静谧的书房里，全身心投入创作，粗略估算也有二三十万字。

出版社拿到这些书稿后如获至宝，立马抽调骨干力量进行文字编辑、内文设计，对每一行文字、每一句话仔细斟酌、推敲。半年下来，编辑与作者之间相互切磋，书稿内容大幅提升，L君看了也是满心欢喜。双方达成共识后，出版社正式将书稿交付厂家印刷。

得知L君出书消息的亲朋好友一时沸腾，索书的电话、微信不断。L君效仿身边的文人墨客，在书的扉页恭敬地写上诸如"雅正""惠存"之类的谦辞，尔后，以至诚的恭敬用楷书签上自己的大名。

时光如流水，一晃又是几个月过去，得到赠书的朋友、同事纷纷发来读后感言，让L君看了很是欣慰，庆幸人间自有知音在，自身的价值得以体现，于是在写作的路上更加意气风发，更加精神抖擞，精品力作频出。

忽然有一天，L君想起自己先前看过的一本书里一段话，但怎么也找不到那本书放在哪里，于是，他上网浏览旧书网，期待能找到问题的答案。不经意间，L君发现自己送出的一本书竟然被"挂"在了某旧书网的出售书单里。看着扉页上那熟悉的笔迹，以及封面和内页未曾被摩挲、被翻阅、十足崭新的样子，L君简直不敢相信自己的眼睛，一看受赠者的名字竟然还是平日里口口声声跟自己说多么喜欢文学的同事……此时的L君仿佛吞下了一只苍蝇，当他再见到那位同事再没有了先前情投意合的亲密感。

当天晚上，L君怅然写下自己的感慨：爱书的人＼拿到赠书后摩挲半天＼放在醒目的地方＼像爱护自己的眼睛一样＼小心翻开细细品读＼不爱书的人＼被赠予后扔进垃圾箱＼回收站拿到旧书网交易＼因为有作者签名＼还卖出高于成本的价＼一本书的命运＼就像一个人的命运＼遇见对的人＼一辈子爱不释手＼遇到错的人＼多情却被无情抛弃。

不可否认的是，这世界上，有一些书更多时候只是因某种机缘来到这个世界转了一圈，很快就被湮没在岁月里——就像我们的世界，普通人总是大多数。然而，中华文明上下五千年，哪怕如昙花一现，这些文字书籍终归起到了重要的桥梁作用。在历史的长河里，从结绳记事到竹简、帛书，再到活字印刷、铅字排版、电子图书，经历了漫长的时光。写书人和读书人通过书籍认识世界，搭建精神交流的平台，实现了跨越千年、跨越时空无障碍的对话。

高尔基说："书是人类进步的阶梯。"培根说："阅读使人充实。"西汉学者刘向也说："书犹药也，善读之可以医愚。""万般皆下品，唯有读书高"的劝谏贯穿古今……人类社会的发展进步，凝聚着无数先辈的心血与智慧。在没有发达网络的漫长时期，人们通过阅读大量书籍间接学习古人的智慧，获取知识和经验，懂得为人处世之道。而读书，在当下仍被视作改变命运的重要途径之一。特别是对于一些家境贫寒、出身于社会底层的学子而言，他们深信只有靠着不认命、不服输、不气馁的倔劲，在高考的独木桥一路狂奔，披荆斩棘熬夜备战，才能有朝一日通过这座独木桥考上理想的大学，鱼跃龙门，走上人生巅峰。

网上曾有人提问："怎样才能最快地见识世面？"一个"高赞"的回答是——"所谓见世面，就是明白了世界不止有一面，而通过读书，便能最快见到世界的不同面"。这便是为什么，在如今网络高度发达的当下，各类图书馆、阅览室依然占据校园里重要的一角，成为师生们最愿意去"打卡"、逗留的地方。

散落在城市里的公共图书馆和各色大小不一的书院，也是一道亮丽的风景。茶余饭后，父母牵着孩童，年轻人手捧咖啡、奶茶，坐在一处安静地阅读，感受知识的力量。每一次阅读，都是一次思想的淬炼、令思想之花绽放的过程。

作家余华曾说："你抱怨太多，是因为读书太少。"书海茫茫，只有在字里行间才能长出想象的翅膀，感悟宇宙天地之大。读的书多了，心胸也会变大，容颜也会变美，看世界的眼光也会更温和，不再计较眼前的得失，不再抱怨命运的不公，怨天尤人。书，给予每一个看书人的可爱之处或许就在于此，它让你无论面对水潭泥坑还是身处鸟语花香之地，懂得接受一切、享受一切，没有什么再能难倒你——是的，它教你拥有了正面强攻这个世界的巨大能量。

那些读过的书，终将化作一个人的气质和风骨。有一天，当回首走过的路，回眸看过的风景，回忆今生遇见的人，我已学会云淡风轻，淡然一笑。

因为爱书、读书，我在人间活出了自己认为的最好的模样。对于那些还没有出生的书，我很期待，期待它们继续光临这个世界，期待它们的命运——生如夏花般灿烂，死如秋叶般静美。

无问西东

春寒料峭，瑟瑟的寒风吹着，大巴车载着大伙儿翻山穿洞，一路向北，在柳州市柳东新区的一所学校停下。

校园里，高大的木棉树从耸立苍穹到叶落一地，紫荆花、鸢尾花、荷花、紫薇从绽放绚烂无比到静寂地枯萎凋零……匆忙的脚步未敢驻足观赏、流连一刻。

"撸起袖子加油干！"每天，我们从宿舍到办公室再到食堂"三点一线"来回奔走，在规定的时间完成规定的动作：抽空走访需要走访的点，核实需要核实的人物、事件及有关表格、数据，做到凡事有出处、凡例有说法，做到最终行文有理有据、逻辑严密、文字精练……我们不敢有丝毫的松懈，心里想着如何把工作任务按质按量完成，才能不辜负领导的期望，不辜负脚下的这片土地，不愧于新时代的馈赠。

回想过往岁月，从参加工作至今，我似乎从来不曾在一个城市有过这么长时间的停留，也似乎从来没有跟这么多来自不同地方、不同领域、不同行业的人员一起共事、共进一日三餐。这对于长期在区直部门工作的我来说，是一次视野、视界的提升和开阔。这里，每一个人的性格脾气各不一样，言谈举止、为人处事各有特点，但每一个人对自己所在的城市都出奇一致的认同，对自己所处的环境和岗位都非常热爱。同时，他们也愿意敞开心扉接纳外界的一切，乐于将自己的内心世界毫无保留地展示给彼此。他们热情爽朗、充满活力，兢兢业业地用实际行动诠释着自己的职责。

除了节假日和两周一次得以回家看看，每天都在枪林弹雨般的忙碌中急急度过。幸亏有了与同事、朋友的和睦共处、朝夕相伴，才让这三个月单调而枯燥的日子变得有滋、有味、有趣。

偶尔闲暇，每当怔怔看着窗外，思念起桂北的一个小山村和大洋彼岸的至亲好友时，总会有亲切的轻声细语的问候而至，跨越时空传来温暖与关爱。

多少次，雨绵密地下着，朦胧的城市难以见到蔚蓝的天，心情也跟着惆怅起来，总会有人热情相邀。与同伴散步在校园幽静的小径倾心交谈，成为我舒缓积郁的最好方式。

夜幕降临，一群穿红戴绿的阿姨有说有笑，悠闲地走过荷花池、望火楼，举手投足间透出一种让人赏心悦目的优雅。三姐歌台，她们铃铛般的串串欢声笑语羡煞了多少路人。

夜深人静，坐在敞亮的办公室复盘每天的工作，总结得失，梳理工作思路和计划……断断续续的蝉鸣传来，推开玻璃窗，忽见莲花山的翠绿已尽收眼底，扶摇直上云端。

子夜时分，回到宿舍，洗漱完毕，宽衣斜靠在枕头上，捧着自己喜欢的书籍品读，跟随作者的悲喜交加驰骋万里、遨游天空，在无限的遐想里，与古人对话，同今人攀谈。

清晨，或被一缕阳光唤醒，或被几声鸟鸣叫起，趿拉着拖鞋，在五楼阳台往下看，嫩叶变浅黄、变深绿……春天似乎已经过去，紫薇花开始绽放，枣树结出嫩绿的小果在微风中摇曳，青青的果子已缀满枝头。

从天而降的病毒来势汹汹，谈笑间悄然中招，天旋地转般恶心耳鸣、浑身没劲，我在小小的房间里"躺平"了三天三夜，靠着同事的细心照顾和鼓励，才终于挺了过去。

端午小长假，各地大雨倾盆，神州大地江水浩荡。龙舟竞渡，鼓声响彻云霄，百舸争流，让前来围观的人群心潮澎湃、引以为傲。

黔桂两省区交界的榕江县，地理位置偏僻，却因为一场罕见的"村超"火出了圈。工地上搬砖的农民工、大排档炒菜的厨师放下手中的活儿，化身成为绿茵场上的骄子，引来无数看客，也让国人看到了中国足球崛起的希望。

美好的时光总是短暂的，挥手离别终归如期而至。拍合影那天，每个人的脸上都如往常一般阳光灿烂，"咔嚓!"相机把这一刻定格了下来。

或许，我们每个人的人生中都有无数这样短暂而美好的时光，因为这些时光的点缀，让我们的人生变得更加丰盈、多彩，从而让自己更有毅力、更有勇气去追寻美好的未来。

一人一猫，现世安稳

女儿在上大二暑假的一天傍晚，抱回一只毛茸茸的白色布偶小猫，说是给爸妈孤寂的生活加点糖，让我们感受生命灵动的乐趣。

众所周知，猫是一种高冷傲娇的动物，一旦信任你，它们会对你形影不离。古往今来，文人似乎都爱养猫，夏衍爱猫最出名。作为一个纯粹的"猫道主义者"，夏衍从来不为之所扰，反以此为乐，"他最多是用手赶一赶已经快扫到自己额头上那扬起的猫尾巴，皱一下眉头嘴里嘟囔道'吵死'而已。黄猫们依然气定神闲地走来走去，而他则照写不误"。老舍先生也非常喜欢养猫，在长时间的观察中，老舍笔下的猫特点鲜明，情趣盎然，如"决定要出去玩玩""撞疼了也不哭""抱着花枝打秋千""踩印几朵小梅花"……简直把猫写活了，给读者们带来了无限的乐趣。著名国学大师季羡林晚年也爱猫成痴，他在北园里曾养过四只猫，待它们如孩童，和它们一起住、一起乐，给猫准备它们爱吃的鸡骨头，甚至到最好的店里买鱼肉给猫吃，季老为此感到了生命里前所未有的乐趣……为了印证猫的魅力到底有多大，我们暂且接纳了这个新成员。

小猫个子不大，浑身雪白，只有耳朵和眼睛之间点缀些许斑驳的棕色。它的两只眼睛湛蓝湛蓝的，好像两颗蓝宝石镶嵌在一张精致的小三角脸上。才刚进入家门，小猫即刻挣脱女儿的手，径直往窗台旁的一张木制高台跳去，它煞有介事地"喵"一声，便一动不动趴在台上。上下左右打量一番后，小猫站起来对每个房间警觉地巡视一圈，待确定周围一切都安全后，它才神闲气定地走回高台，又蜷缩而坐。

在商量给小猫起名时，先生提议："就叫它'高高'吧！"因为我们观察到这个新到的小成员非常喜欢蹲坐在高台上看屋里屋外发生的一切。前一秒还在打瞌睡，一有动静，它立马清醒过来，竖起耳朵进入高度戒备的状态。

高高的到来，让整个屋子有了灵动和生机。它高兴的时候，会围着你起劲蹭你的裤脚。兴奋至极，还会一跃而起，高攀到你的大腿，在你的裤子上留下道道划痕。无聊时，它会独自趴在客厅的窗台，看楼下过往的人群和车辆，听着树上叽叽喳喳的鸟儿发呆……看着它一副与世无争、自我安逸的样子，我有感而发作了一首词："晓雾窗台边，白雪映眼前，已是深秋无同伴，况有严寒天。整日梦中过，日子赛神仙，他日换作人间郎，还需留欢颜。"

高高平日里好动，不太安分，一大爱好是踢球、捡球，于是我先生便买了一打乒乓球，任由它拿来去闹、去玩。每次我下班回到家，只要弯腰抓起一个橘红色的乒乓球往半空中一抛，高高便飞快地从高台上跳下，跑过来，腾空而起，用两只前爪精准地抓住小球，然后顺势抱在怀里，在地板上滚来滚去，玩个大半天。有时，球滚进了沙发底下，找不着了，高高就趴到沙发边朝里使劲张望，一旦发现目标，立刻伸直身子钻进去把球倒腾出来。高高还有另一大爱好——满地抓蟑螂。它刚来我家那会儿，只要有活的蟑螂被它看见，就难逃厄运。高高一般不会轻易弄死蟑螂，而是先跟它耍那么一二十分钟，等玩腻了，才把蟑螂弄个半死，然后叼起来放在过道一个醒目的位置，让人一看就知道是它的功劳。这情景不禁让我想起女儿刚上幼儿园那会儿。有一天，女儿穿上我给她新买的一双鞋子上学。到了教室门口，她一改平日里先问候老师的惯例，而是眼睛直勾勾往自己的脚看，以引起老师的注意。待老师故作惊讶状，夸奖她的鞋子漂亮时，她才美滋滋地走向小板凳坐好，吃早餐。

高高爱干净，但最怕洗澡，见水就躲，每次给它洗澡，都很费劲。只要一进卫生间，高高便像是感到厄运来临，吓得花容失色、魂飞魄散，发出了一声又一声惊恐万分的尖叫，简直要把卫生间的天花板叫穿。好不容易把它塞进澡盆，一不小心它又蹦了出来。连哄带骗，才再次把它按进澡盆里。我和先生两人用手紧紧抓住它的四肢，拿花洒往这小家伙身上冲水，高高的毛发瞬间粘到了一起，体积缩小了一大半。一番折腾，好不容易把澡给洗完了，用大毛巾包裹住高高的全身，只露出半张脸。吹风机一吹，高高转眼又变成了"白雪公主"，花枝招展，惹人喜爱极了。

有了高高，早晨我们就没法再睡懒觉了。每天天刚蒙蒙亮，高高就会蹲在卧室门口挠门并且喵喵喵叫个不停。人起来后，它就像只跟屁虫一样跟随你左右，片刻不离。在卫生间洗漱吧，它趴在你的脚下仰头定定地看着你，不吵也不闹，一副对主人忠心耿耿的样子；在厨房做早餐吧，不知什么时候，它鬼头鬼脑地爬到了背上，你用手把它拨开，它又回来……如此反复多次，一副要跟你练习太极推手的模样。

白天我们上班，就没人陪它玩了，高高基本是吃饱了睡，睡醒了吃，过着无忧无虑的慵懒日子。每天吃过晚餐后，我和先生准备去附近的公园散步，高高像是有所预感，早早便蹲在大门口，两眼巴巴地望着我们的一举一动。门一打开，它也溜出大门。想必，这家伙在室内待久了，厌倦了无聊和孤寂，急不可待也要出去呼吸新鲜的空气。为满足高高的这一要求，我拿出女儿买的猫包放在地上，它便很自觉地自己钻了进去。

秋天的夜晚，公园里凉风习习，皓月高挂，走在枯黄的草地上，脚底沙沙作响。浑身雪白的高高在草地上肆意地奔跑，好似一个鼓鼓的白皮球在快乐地翻滚。看到枝干碗口粗的树，高高还活蹦乱跳的，伸开前爪，踮着脚跟想要奋力往上爬。玩累了，尽兴了，我们呼唤高高几声，它便"喵"的一声，大老远跑到跟前，像个懂事的乖孩子。

很多个夜里写文章，高高跳到我的桌上来，用头使劲蹭我，像小孩子撒娇一样，闹腾几番，随即它便慢慢静下来，蜷缩在我的身旁，一只小爪子紧紧地巴着我的衣裳，甜甜进入梦乡。于是，我一动不动，连打字都变得温柔起来，生怕惊扰了这个小家伙的美梦。相处的日子久了，对高高来说，能依赖的大概也只有我们了吧！而我们，又何尝只将它当成一只猫而已呢？

金代刘仲尹《不出》诗曰："天气稍寒吾不出，

氍毹分坐与狸奴。"一人一猫，现世安稳，阡陌有没有暖意不知道，只是从此再无寂寂严冬。

　　我低下头，看着怀里这张让人又爱又恼的小脸蛋，一如当前我端详它时的那般宁静、安详。

乡愁悠长

　　江水悠悠，清澈见底，一路向北蜿蜒流去。两岸花木扶疏，青山苍翠，高耸入云。傍晚荷锄而归的庄稼汉子，肩披褐色的蓑衣，牵着牛走在泥泞的田埂上。牧童悠然地骑在牛背上，留下阵阵悦耳的笛声。

　　这是记忆中家乡资江江畔的一道亮丽的风景。

　　光阴荏苒，时光飞逝，离开家乡在外漂泊，一晃已是三十余年。至今难以忘怀家乡的点点滴滴，思念无时不有、无处不在，随着年龄的增长，日渐浓厚，深夜里牵出长长的幽梦。

　　有一年，终得闲暇，一路风尘仆仆回到家乡资源。一来是为家乡经济高质量发展建言献策，助力乡村振兴；二来是远方的游子思乡难耐，想念清澈江水的碧波荡漾、巍峨青山的绿色屏障，还有那地道的油茶、八角寨丹霞地貌的雄伟风姿、巧夺天工的一线天、栩栩如生的大象饮水石、激荡漂流的五排河、徐霞客笔下的宝鼎瀑布，以及百卉谷蕴藏的天然中草药……一切的一切都在梦里千回百转，挥之不去。

踏上这片神奇的土地，但见乡音袅袅，人们行色从容，生活节奏不紧不慢。步入熟悉的街巷，河岸两旁楼房鳞次栉比，高低错落有致。市井的烟火气犹然可见，触手可及。狭小的铺面摆放着各类日常生活用品，琳琅满目，应有尽有。

热闹的风雨桥头，挑着簸箕上街卖菜的阿婆，头戴褐色棉布头巾，双腿弯曲坐在矮凳上，满脸皱褶，面容却很友善温和。小巷尽头，补鞋的大叔戴着黑框老花镜，安静地坐在四方凳上，动作娴熟地穿针引线，客人伸腿坐在一旁上等候，不时相互聊着家常。农贸市场吆喝的中年男子长得眉清目秀，他手脚麻利地切着猪肉，给顾客称好后，双手利索地亮出二维码……

傍晚时分，漫步资江两岸的亲水栈道，江水依旧清澈见底。茂林修竹依然婀娜多姿，沥青铺就的柏油路蜿蜒伸向远方。风雨桥高高耸立，绵延悠长，飞檐翘角绘着各种飞禽走兽、花鸟虫鱼，以及当地流传千古的河灯祈福故事。走南闯北多年，见过无数座风格迥异的风雨桥，但如此精雕细刻、栩栩如生的还是非常少见。据说，其图案的整体设计和雕刻都出自我的一位堂叔之手。堂叔早年读过私塾，擅长诗词绘画，精通木工，是当地不可多得的民间艺人。可惜他已作古，好在两位徒弟传承了他精湛的手艺。每年阴历七月十五举办的河灯节，这徒弟俩纯手工制作的河灯画上精美的图案，技压群芳，享誉一方。

每当有朋友和同事出差或路过家乡的风雨桥，都会拍上几幅照片发在朋友圈，赞美风雨桥上精美的图画和巧夺天工的构造，我一见便心生欢喜，自豪之情油然而生。

那日一早，天空飘着小雨，我们驱车前往离县城不远的中峰镇资水丹霞田园综合体。走在茂密硕大的葡萄架下，晶莹剔透的玫瑰葡萄、紫色的提子一簇簇、一串串，伸手可及，张嘴可尝。远处，金黄色的猕猴桃密密麻麻挂在枝上，蓝莓树也不甘示弱地伸出绿油油的枝叶，在细雨中显得格外妖娆。一辆外地车牌的大货车正停在路中央，几个壮年汉子忙着搬运已装好箱的水果。再过半个月，猕猴桃也到了收获的季节，到时，又是一番丰收的景象。

放眼望去，路边清一色带庭院的洋房别墅格外显眼。村民家家户户房前屋后不是菜园就是果园，花香四溢，绿意盎然。置身于花环水绕的田园之间，抬眼白云悠悠，飞鸟盘旋；低头果实累累，蜂飞蝶舞，所有的烦恼与忧愁一扫而光。眼前的乡村生活已是十足的静谧富足，也是众多城里人的憧憬和向往。

离开中峰镇，驱车前往更远的两水乡塘洞村。山高坡陡，车子驶上公路，在密林深处穿行。树影婆娑，窗外凉风阵阵，我们不由得摇下玻璃窗，享受大自然特别的恩赐。霎时，想起之前的一个老同事，退休后放弃在大城市养老的安逸，和老伴在五排河周边修筑一间木屋颐养天年，"晨兴理荒秽，戴月荷锄归"，过着自给自足的闲适生活，顿时有些羡慕起来。

当车子途经隘门界，人更是感受了一番高海拔地区的凉爽山风。每年一到滴水成冰的凛冽冬天，这里的雾凇千奇百怪，白皑皑一片蔚为壮观，引来不少游客前来打卡。车子上坡下坡，几经颠簸，终于在中午时分到达向往已久的塘洞村。这里是当年红军血战湘江后三万余人长征经过的地方，也是中央红军当年在夜色中翻越老山界后暂时修整的驻地。陆定一同志当年创作《老山界》住的木房子还完好地保留着。那盏落灰的油灯静静地立在窗台，仿佛在述说着当年那段艰难困苦的岁月……

站在村中赵氏祠堂大门前，抬头望去，"华南第一高峰"猫儿山突兀眼前。山顶的电视信号塔高耸入云，若非晴好天气，很难见其真面目。我们到达的当天阳光明媚，天朗气清，目睹猫儿山巍峨耸立，气吞云霄，也是三生有幸。

八十七年过去，物是人非，这里已发生了天翻地覆的变化。昔日的贫困村已彻底告别贫困，村民过上了小康生活。水泥路四通八达，伸向各家各户。清澈的溪水从村前缓缓流过，既灌溉了农田，提高了水稻的产量，又增添了大山的灵性。不少农户依托当地丰富的红色资源和独特的自然风光，纷纷建起了农家乐和独具特色的民宿，招待从四面八方远道而来的游客，日子过得红红火火。村民脸上的笑容就像春天和暖的风，足以抚慰游子漂泊而疲惫的心。

在当地一家村民开设的餐馆喝过了地道的油茶，品过了难得的泉水鸡和南瓜饭，因为要赶往下一站，便匆匆离开，向龙胜的方向驶去。

一路上，故乡的背影越来越远，越来越模糊，但思乡的情绪则越来越浓，甚至有些依依不舍。好在，车子的尾箱装着母亲栽种的辣椒、茄子、南瓜等地道的农产品，不时散发出清香。想起回到邕城可以同家人一起大快朵颐，分享耄耋老人的劳动果实，回味家乡土地的温暖，心也便释然了。

多少次云里雾里向北回望，山水峰峦起伏之间，总是乡愁难忘。乡音未改，故土难离，但愿未来的日子，抖落一身的疲惫，还能经常回家看望健

在的母亲，听她讲述过去的故事，陪她絮絮叨叨唠
家长里短，凝望倾注母亲一生心血辛勤劳作的菜园，
见证那一畦的碧绿，感悟家乡近年来翻天覆地的
变化……

感恩生活，幻化成蝶

坐在棕色的椅子上，双手捧起久违的书，一头扎进阅读的海洋。

深夜降临，窗外一片寂静，树叶沙沙作响，在昏黄的台灯下记录一天的所见所闻，回味谈话对象的衣着、表情及说话的语速、语调，甚至他那眉宇间的欢快和不屑。有时候，"读人"也是一件快乐无比的事，特别是在面对一些有身份、有涵养的人时，更能从对方微妙的表情里读出不同的味道，留下难以磨灭的印象。

外出三个月，最令人难忘的是在入睡前阅读俞敏洪的《在岁月中远行》，其所思所想正契合我当下的心境。他的经历、他的成功以及生命中所遭遇的跌宕起伏令人唏嘘，也让人心生敬意。

俞敏洪出生于农村，家境并不富裕，高考连续两次落榜，复读第三年才考上北大。进入心仪的大学后，浓重的地方口音被同学们嘲笑，为此，他感到非常自卑。为了改变这种现状，他不知疲倦地学习，结果因为学习太刻苦而病倒，被迫休学一年。大学毕业后，他先是留校任教，当别的同学都进了机关、国企，端上铁饭碗，过上了朝九晚五的闲适日子，他却辞掉安稳的工作，从中关村一间破旧的临建房起步，白手起家把新东方学校办得风生水起，成为教育培训行业的翘楚。

然而天有不测风云，幸运不会常伴人的一生。就在俞敏洪带领他的团队在校外培训的路上走得如火如荼时，国家一声令下，他的校外培训"王国"轰然倒塌，上万名员工面临失业。在巨大的压力面前，俞敏洪极度焦虑，夜不能寐，靠吃安眠药度过漫漫长夜，特别是在那段疫情肆虐的日子里，公司入不敷出，濒临破产。在这样的情况下，俞敏洪没有气馁，没有埋怨，而是及时调整心态和思路，积聚企业转型、东山再起的力量。俞敏洪游走四方，转梅里雪山，绕天山天池，观漓江烟雨，赏兰溪风光，跨越祁连山，在行走中思考未来，于宁静中与古人对话、向先贤学习。正如他在书中自序里写的那样："在找不到出口之际，我往往会先暂时放下问题，走出去换换思路。"在不确定的世界中，俞敏洪苦苦思索，寻求一切壮大自己的机会，把濒临破产的公司又拉了回来，于是有了"东方甄选"的脱颖而出。从三尺讲台转战直播平台，从默默无闻到十万人围观，"东方甄选"成为直播界的一股清流，火得一塌糊涂。

每个人都有不幸和焦虑的时刻，我又何尝不是呢？

大学毕业后，没有任何家庭背景的我也曾为了能留在大城市工作努力过、挣扎过，但终归不能如愿。后来，通过考研我和爱人终于在城里就了业、安了家。女儿呱呱落地后，我把父母从县城老家接来一起住，可好景不长，父亲在女儿牙牙学语时突发脑出血撒手人寰。其后，我们和大多数普通人一样，在这个陌生的城市早出晚归，挥洒青春汗水，为的是解决一家老小的温饱，过上体面像样的市井生活。

天有不测风云，人有旦夕祸福。爱人五十岁那年生了一场大病，体重骤减，身体每况愈下，眼睛视力下降厉害，见不了强光，重活累活更是不能干，情绪到了崩溃的边缘。家里的顶梁柱一下坍塌，还有三位老人需要赡养，女儿仍在读初中……我的心情可想而知。

"屋漏偏逢连夜雨"，别人很容易得到的职位和晋升，于我而言需要付出更多的努力。好好的工作"赛道"说让就让了，但我不怨天尤人，不自暴自弃，找到真正属于自己的东西，尽可能把工作做到极致，把家人照顾到位，孝顺老人，尽量不留任何遗憾。工作之余，我把读书、写作和行走作为消解郁闷、调整情绪的最好方式。当埋头书海，看到那些点亮内心的温暖文字时，犹如拨开云雾见太阳，心胸豁然开朗，不再为琐事烦事而纠结，不再抱怨周遭的一切，更不再哀叹命运的不公。

没有谁的人生刻上"容易"二字，人生说到底就是一场一个人的战争，或消沉或奋起，或洒脱或痛苦。如何调整心态，走出困境和迷茫，取决于个人的眼界和格局。

好在，经过多年的付出，女儿顺利考上了心仪的大学，并拿到出国读研的录取通知书，开始了异国他乡的留学生活，学成回国后，如愿以偿找到喜欢的工作。我和先生也恪尽职守，本分做人，安分做事，远离纷扰和喧闹，构筑自己的精神家园。在文字游戏里寻找精神出口，在屈原的香草园里徘徊沉醉，在摩诘的辋川别业里流连忘返，在杜甫草堂阅读战乱带来的心酸，在李清照的婉约词里找寻泼茶赌书的欢娱。三位耄耋老人的衣食住行也被我照顾得妥妥当当，直至他们体面地老去。

感谢生活赐予的各种不幸和磨难，让我在痛定思痛后有时间去思考、去沉淀，不为世间杂事而烦恼，不因亲人离去而忧伤。回首往昔，一切的不幸和磨难都成为过眼烟云，消失在浩瀚的长空中，只

有自我强大的信念留在心间，只有不断行走的声音
萦绕耳畔……正如网上特火的那句话说的那样——
"你的气质里藏着你走过的路，读过的书以及你爱
过的人，他们会在黑夜里照亮你前行的路……"